50代からの
疲れをためない
小さな習慣

kishimoto yoko
岸本葉子

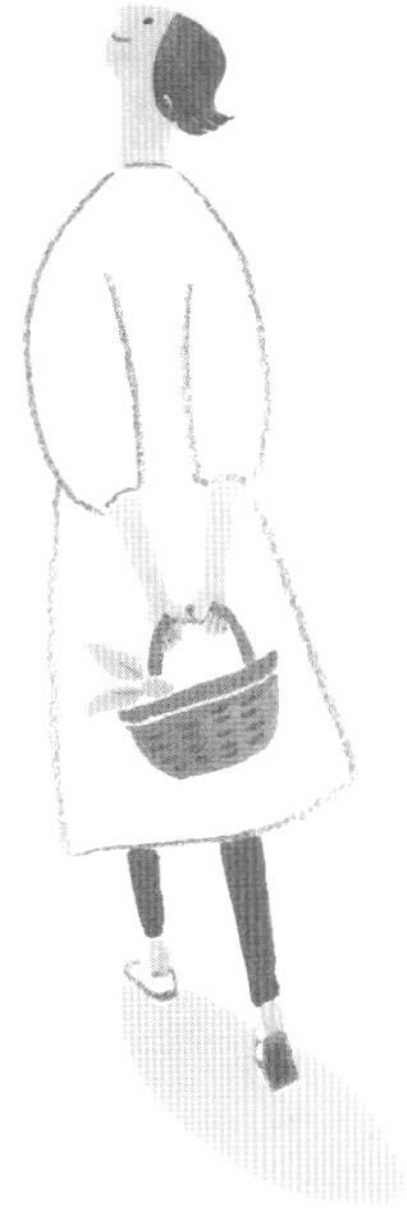

佼成出版社

はじめに

四十代とはハッキリ違う

通販の化粧品などの広告に、愛用者なる女性が登場すると「この人、ほんとうに五十八歳!?」と年齢を思わず二度見してしまうことがよくあります。肌はふっくら。四十代といっても充分通りそう。化粧次第で、あるいは写真の撮り方次第では、私もこうなれるのか。

いいえ、仮になれたとしても、喜べません。四十代と五十代とはハッキリ違う。なってみて、つくづく感じます。

疲れる。これがもう、いちばんに挙げられる。ジムのレッスンに出て「あら、私、まだまだ動けるじゃない」と思っても、そのときはいいけれど、帰宅後にがっくりくる。縦のものを横にするのもおっくうなほど。

だるい。かつては「明日でいいことも今日やってしまいたい」タイプだったのが、やる気が出るまですごく時間がかかる。ホルモンの変化が心のエネルギーにも影響するのでしょうか。

たるむ。基礎代謝が落ちるのでしょう。昔と同じ食べ方をしていてはダメです。ボディラインにすぐ響きます。

化粧その他で「見た目年齢」は若作りできても、体はごまかしようがありません。

人生一〇〇年といわれる時代。この体でまだまだ行くわけで。最期まで介護をまったく受けないのは無理であっても、必要となるのをなるべく遅く、なるべく長く自立して暮らしたい。病気もまったくしないのは難しくても、早期発見でなんとか治し、健康寿命を延ばしたい。もしもほんとうに一〇〇年なら、あと半分近くあるわけで、幸いにも恵まれたその時間を「疲れた」「だるい」「またたるんだ」ばかり呟き過ごしては、もったいない。老後という時間が与えられるのは、ある意味で、贅沢《ぜいたく》なこと。

＊＊＊

海外を含む世間を広く見渡せば、老後なくして終わる命もたくさんある。愚痴っていては申し訳ない。そんな思いを抱くようになりました。

四十代とは異なるリアルから目をそむけず、不調のときの対処法、日々の生活、心の持ちようなどいろいろな面から整えて、心と体の付き合い方をリセットし、この先に待つステージへ進みたい。そのためにしていることを綴ります。めざすは「今このときを快適に、十年後、二十年後もはつらつと！」です。

50代からの
疲れをためない
小さな習慣

目次

はじめに　四十代とはハッキリ違う —— 1

第一章　*****　これって老化のはじまり!?

忘れ物を防ぐ —— 12
無理のないスケジュール管理 —— 15
寝落ちを自分に許す —— 18
骨盤の向きと日頃の姿勢に気をつける —— 21
結膜下出血から自分の弱点に気づく —— 24
もっと知りたい、脱水のこと —— 27
手袋でハンドケア —— 31
皮脂をとりすぎないケア —— 34
転ばぬ先の杖 —— 38
「断捨離」のしすぎに注意 —— 42

第二章

＊＊＊＊＊

小さなことから日常を変える

仮置きかごを活用――48
テーブルの上にものを置かない――52
収納は余裕を持たせて――56
衣替えはしない――59
自分に合う色と形――63
ゴムとの闘い――66
寝具はコットンに――69
リフォームのすすめ――72
好きやこだわりを集めて――76
お風呂の愉しみと掃除のコツ――80
食洗機で時短――83
ものの減らし方――86

第三章

＊＊＊＊＊

さまざまな不調とどう付き合うか

健康管理に過信は禁物——90
家の近くで「お試し受診」——94
かかりつけ医のある利点——97
人間ドックもカスタマイズ——101
女性クリニックで婦人科検診——105
ホルモン補充療法の恩恵——108
歯と認知症のつながり——111
舌のクセにご用心——114
漢方薬との付き合い方——117
お薬手帳を持とう——121
冷え対策の勘どころ——124
暖かく眠るために——127
運動で寝つきをよくする——130

第四章

＊＊＊＊＊

エイジングに負けない体づくり

自立して生きるための筋トレ——134
自宅でできるエクササイズ——138
ながらトレーニングはほどほどに——141
コンフォートシューズと低反発インソール——144
ダンスレッスンで自己評価を上げる——148
ズンバで新しい世界の扉を開く——151
ひとりでもきちんとごはん——154
蒸し大豆の活用法——157
ぬか漬けで腸活——160
お菓子とのスマートな付き合い方——164

第五章

＊＊＊＊＊

明るい気持ちで過ごすために

五十代からのお金の使い方——170
紙の新聞を読む——173
夢中になれるものはありますか——176
私の真ん中にあり続けるもの——180
介護にまつわるあれこれ——184
きょうだい関係は変化するもの——188
苦手な人との付き合い方——192
ひとりになる時間を持つ——196
エンディングノート——200
いざというときの意思表示を——203
不安を解消する方法——206
今あることに感謝する——210

第一章

＊＊＊＊＊

これって老化のはじまり!?

忘れ物を防ぐ

昔はずいぶん危なっかしいことをしていたなと思うことのひとつが、出かける支度です。その日に持って出かけるものを、その日の朝かき集めていました。

今は必ず前の晩に準備をしています。出張や旅行でなくても、ふつうの仕事の外出でも、財布、ＩＣカード、ハンカチ、ティッシュ、化粧ポーチといった基本アイテムのほか、その日の打ち合わせで必要な資料類や筆記用具、行った先が寒かった場合のはおりものまで全部揃えます。忘れ物を防げるのと、気持ちにもゆとりができます。出がけにあたふたするのは事故のもと。

忘れ「物」だけでなく、忘れ「事」を防ぐ工夫もしています。すべきことを手帳に記す。手帳に記しても忘れそうなことは付箋に書いて、パソコンの画面脇に貼り付け

＊＊＊

る。投函すべき郵便物やコンビニなどで支払う振替用紙は、出かけるとき必ず通る玄関のシューズボックスの上に置く。または次の日持っていく鞄《かばん》の上に載せる。鞄の中にしまい込むと、それをまた忘れそうなので。とにかく見えるようにします。

恥ずかしながらそれでも投函するのを忘れたときは、「これなら絶対に忘れまい」と、翌日履く靴の上に置くこともあります。

スマホやパソコンにメモしておくのは、私には効果がありません。「端末」というものがもとからそばにあったわけではない世代の私には、紙ベースがいちばん注意喚起力があるように思います。スマホやパソコンは電源を入れない限り見られませんが、紙に書いて貼っておけば、嫌でも目に入るのです。

「明日、Ａさんに連絡」とか「指定席券を買う」など、忘れては困ることは、紙に書く。頭で覚えておこうとすると、「忘れてはいけない」というのがプレッシャーになるので、頭の中身を付箋に書き出し、頭は空っぽでもいい（?）ことにすると、忘れ物防止に加え、精神衛生にもいいような気がします。

外出のついでにすませたい用事は、小さい紙片に書き、財布の中に入れることもよくします。銀行からお金を下ろす、郵便局で振り込む、切手を買う、コンビニで宅配便の伝票をもらってくるなど、いくつかあると帰ってから「あー、あれもするんだったのに忘れた」となりがちですが、財布にメモを入れておくと、お金の出し入れのたびに「この紙、なんだっけ」と気づく。

ついでにすませたい用事がひとつのときが、意外と危ない。「ひとつだから、さすがに忘れないだろう」と紙に書かないで出かけて、キッチン用洗剤を買うのを、もう三日連続で忘れています。

最初は「こんなことぐらいで紙に頼っていたらだめだ。覚えよう」と思っていましたが、三日続くと「意地を張っていないで、書くか」と。書くのは手も動かすので、ぼけ防止になるかなと淡い期待も持っています。

*持っていくものは前の晩に揃える
*付箋に書いて、目につくところに貼る
*外ですませたい用事はメモして財布に

＊＊＊

無理のないスケジュール管理

疲れやすくなったと感じています。五十代後半から、特にこの数年です。

ジムに行って好きなダンス系フィットネスのクラスが、たまたま二コマ続いていると、つい二コマ目も出てしまい、そのときは楽しいからノリノリで動けているけれど、夜八時半頃に帰ってきて、遅めの夕飯を作る段になると、風邪でも引いたかと思うくらい体が重くてだるい。「とにかくいったん休まないことには」とベッドに横になるや、引きずり込まれるように眠ってしまい、はっと目が覚めたら十時ということもある。クラスの最中の動けている感じと、その後の疲れようとのギャップに驚きます。運動能力と体力とは別のようです。

私がジムに行くのは平日の夜か日曜の夕方で、仕事や用事のあることも少なくなく、たいていは週二回。ある週は、たまたま三日連続でジムに行けるスケジュールとなり、これ幸いとばかり張り切って通いました。すると疲れが徐々に蓄積されていって、昼間活動する力がなんとなく低下します。

以来、ジムに三日連続して行けるときでも一日空ける、朝早くから出かける日の前日は控えるなど、自分の疲れやすさや、疲れがどれぐらい残るかを勘案し、スケジュール管理をするようになりました。

前はスケジュール帳を開いて、紙の上で入れられることは、すなわち可能と思っていたのです。でも今は、時間的には可能でも、体力的には不可能ということが充分あり得る。四十代までと同じようにスケジュール管理をすると、無理がたまっていくなと感じています。

仕事もぎゅうぎゅうには詰め込まないようにしました。自分の出力がいちばん高い状態ならば一日でできる分量を、あえて二日に分けてスケジューリングする。中程度の出力を前提にスケジューリングしておいて、たまたま早めに終わったらラッキーと思う。そして予備日もあらかじめスケジュールに入れておく。

＊＊＊

新聞などでツアー広告を見ると、午前中観光し、昼は伝統芸能を鑑賞しながら食事して、移動し、午後は別の町を観光みたいな盛り盛りの満載スケジュールとなっていますが、あれと似たようなことを自分の体に対し、していないかどうか注意します。

疲れというものをこれまで私は過小評価していたけれど、過大ぎみに評価してスケジューリングに反映するくらいがちょうどよさそうです。

＊運動能力と体力とは別
＊自分の疲れやすさを直視する
＊出力「中」を前提にスケジュール管理

＊＊＊

寝落ちを自分に許す

疲れはこまめにとった方がいいと、身にしみて感じるようになりました。

年をとるにつれ、自分で思っている以上に体が疲れていることが、多くなってきたのです。

寝る時間ではないけれど「眠い」とか「横になりたい」と感じたら、疲れているサイン。休息が許されるなら、寝る時間までがまんして持たせず休息をとる方が、効率がいいようです。今は眠くなったら、少しの間テーブルに伏すこともあるし、リビングの床に寝転がってしまうこともします。

かつてはリビングで寝ることは、けっしてしませんでした。子どもの頃、親に「畳でごろ寝は不行儀。眠いなら寝室に行って、布団を敷いて寝るように」と言われていたためか、ひとり暮らしになっても、リビングで横になるのは落ち着かず、生活態度が悪いような抵抗感がありました。

あるとき、ものすごく疲れて「ベッドで本格的に寝るより、今、ちょっとだけ横になりたい」という誘惑に抗しきれずにそうしてみたら、相当楽になりました。以来、自分の中のルールをゆるめたのです。冬場、寝室の冷たいベッドまで行くよりも、リビングでそのまま姿勢を崩し、床暖房で温まった床に背中をつける。それだけでとても休まります。

引き込まれるように眠っても、そのままずっとということはなく、長くても四十分で目が覚めますが、それによる疲れのとれ方、リラックス効果は、固い床での仮寝という不充分な態勢からは考えられないほど。眠りも深く、起きるとおおげさなようですが、遠い国から帰ってきたかのようです。

寝落ちしたいときというのは、体が今すぐの眠りを欲しているのでしょう。行儀やルールを理由に、その欲求にストップをかけるのはやめました。「教育上の配慮の要る子どもがいるわけでもないし、もういいんじゃない？」と。ソファの上で横になることすら不行儀なようで抵抗があり、したことのなかった私には、たいへんな変化であり、年をとったから自分に許せる「自由」かなと。

しなければならない家事なども、少し寝てからした方が効率がいいようです。眠いのをがまんしながらの作業だと、ひとり暮らしの私は、全部自分のための家事なのに、なんとなく「させられている感」がある。休んでリフレッシュしてからだと、機嫌よくできます。同じ三十分の作業でも、眠いのをこらえながらするか、ちょっと寝てからにするかで、これまたおおげさに言うならば、生活の質が変わると思います。

*短い休息で、疲れをためないようにする
*いったん寝ると、作業効率も気持ちも上向きに
*体力に合わせて、マイルールをゆるめる

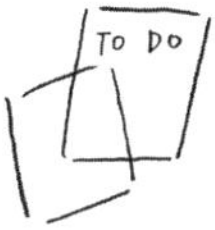

骨盤の向きと日頃の姿勢に気をつける

雑誌でストレッチの取材を受けました。

驚いたのは、私は骨盤後傾のクセがあるとの指摘。骨盤の向きなどまったく意識していませんでしたが、この後ろに傾けるクセがさまざまな動きのストッパーになっていたらしいです。

私は小学校の頃から体が硬いと言われ続けてきました。立位体前屈が大の苦手。手が床に全然つきません。それが指摘を受け、骨盤を前傾ぎみにしただけで、楽々手がついたのです。もともとが後傾しているので、自分では「前傾ぎみ」のあたりが、実はニュートラルなのかもしれません。

ストレッチに、座って開脚の状態で前屈するものがありますが、前屈以前に脚が六十度くらいしか開きませんでした。ヨガの基本であるあぐらもダメ。それらも骨盤を前傾ぎみにするだけで、できたのです。

体が硬いのは、関節の可動域とか筋肉の質とか、たぶんに先天的なものだろうと思っていました。まさか、体の使い方のクセでこんなに違うとは。

それ以来、後傾にならないよう気をつけています。仕事のときの事務椅子は、座面を前傾ぎみにできる機能があるのに、使ったことがありませんでしたが、今はその角度を基本に。店や電車で座るときも、前はつい浅く座って後ろに寄りかかっていたのを、深めに座り背面と座面からなる角にお尻の後ろをきっちりつけるように。

ストレッチの先生から言われてこわかったのは、年をとると誰でも骨盤が後傾してくると。高齢者にありがちな立ち姿が、膝が曲がって、その上に後傾した骨盤が乗っている状態。そのままだと後ろへ倒れてしまうから、前かがみになり背中が丸まる。放っておくと、その姿勢のままあちこちの関節が固まってしまうそうです。

骨盤後傾は、歩き方にも影響するといいます。骨盤後傾が進むと、足を前にしか振り出しにくくなり、歩幅が狭くなる。そこへ関節の硬化が加わると、歩行が困難にな

＊＊＊

る恐れもあると。そんな危険の入り口にいたとは！

骨盤後傾を防ぐ簡単な方法として、先生に教わったのは、つま先を斜め内側へ向けて足をハの字にすること。「立つときに足をハの字にするクセをつけましょう」と。意外です。若い女性にありがちな内股で、あまりよくない姿勢と思っていました。そもそも前傾からして、よくないと思っていたのです。いわゆる反り腰で、腰痛になりやすいのではと。聞いてみないとわからないものです。

関節が変形しないうちにクセを直すことがだいじとのこと。できなかったポーズができるようになり喜んでいる場合ではなかった。ストレッチで筋肉をほぐすのと、後傾を防ぐ習慣とで、正しいポジションへ整えることをしています。

＊年をとると骨盤は後ろへ傾く
＊足をハの字にして立って調整
＊早めの対応で、関節が固まるのを防ぐ

結膜下出血から自分の弱点に気づく

年齢が進むと乾燥に弱くなってくるなと、肌や髪にふれるたびに感じます。目についても同様です。今は皆さん、パソコンやスマホをするので余計にドライアイの傾向があるかと思います。

目の白目が真っ赤になっている人を見たことはありませんか。結膜下出血というもので、白目を覆う結膜のすぐ下にある毛細血管が切れて、出血した状態です。充血といわれる、細かな赤い線が入る感じではなく、べったりと赤い面になるのです。

私もあるときそうなって、何ごとかと驚きました。急いで眼科に行ったら結膜下出血でした。若い人でもなるけれど、加齢とともに増える傾向にあるそうです。痛みやものが見えにくいなどの症状はなく、言ってみれば鼻血のようなものと聞きました。

＊＊＊

困るのは、真っ赤で目立つのに、治す方法は特にないこと。二週間くらいかけて自然に引くのを待つしかありません。

間接的に予防する方法はあるようです。目医者さんによれば、目の表面が乾燥していると血管が切れやすいそうで、ドライアイ用の目薬を処方してもらい、日頃からさすほか、冬は加湿器を用いて、目にふれる空気の乾燥を防いでいます。

それと鼻血と同じで、のぼせると切れやすい。興奮したり運動したり、咳き込んだり重いものを持ち上げたりした拍子にも切れやすいと聞きました。

繰り返すうち、自分の血管が切れるときの傾向がつかめてきました。私の場合、運動では起こりません。よく起こるのは、初対面の人たちと会って何かするときや、大勢の人といっしょにいるとき。一種の興奮状態というか、楽しくはあってもやはり緊張していて、自分が思っている以上に頭に血がのぼっているのだと思います。漢方でいう「上実下虚《じょうじつかきょ》」の状態でしょうか。私は割と、誰とでもその場を雰囲気よく過ごせる方だと思っていたけれど、気づかないところで無理はしているんだなと。社交というものに弱いんだなとわかりました。自分の弱点への気づきです。

＊＊＊

社交は避けて通れませんが、たとえば続きすぎないようにするとか、社交の最中も「今、私は思っている以上に興奮しているのだ」という意識を持って、息を吐いて、リラックスを試みるとか、サービス精神全開にして振る舞わないとか、その辺の自己コントロールを身につけていこうと思います。

結膜下出血を直接に防ぐ方法はないけれど、起こりやすいパターンを自分で探って、それを注意して避けることはできそう。回り回って自分にストレスをかけない方法を身につけていけるかも。そう考えています。

＊加齢とともに増える、目の「鼻血」
＊のぼせると起きやすくなる
＊症状をストレスコントロールに役立てる

＊＊＊

もっと知りたい、脱水のこと

脱水症状という言葉は、熱中症の関係でよく聞くようになりましたが、二つの大きな誤解がある気がします。

ひとつは、夏に起きるということ。もうひとつは、水を飲めばいいだろうということ。そう思っていると危険です。

脱水症状は、冬も注意が必要です。熱中症でなくても起きるからです。冬に流行《はや》るノロウイルス。下痢や嘔吐《おうと》で体液が失われるし、症状がさほど激しくなかったとしても食事をとれないことそのものが、脱水症状につながります。体内の水分の欠乏に加えて、塩分の不足も大きいのです。

私はこの数年で何回か、脱水症状のこわさを身をもって知りました。最近では、ある薬の副作用で胃潰瘍になり、食事をあまりとれませんでした。そのうち、めまいがしてきて、ふらつきがひどくなり、這々《ほうほう》の体《てい》でかかりつけのクリニックに行き、点滴をしてもらって治りました。

　その点滴は先生がおっしゃるに「要するに食塩水」だと。体の中の水分は、単なる水ではありません。ナトリウムイオンやカリウムイオンといった電解質が溶け込んでいます。水分とともに電解質も失われます。脱水というと水だけを補えばいいと思っている人が多いけれど、塩分もとり電解質を回復させないといけない、と。ふつうに食事をしていれば、塩分も自然にとれているけれど、そうでないと体内の塩分が少なくなる。下痢や嘔吐をしていないから大丈夫と思わずに、水と塩分をしっかりとってくださいと。特に経口補水液を早いうちからとるようにと言われました。

　高齢になると、若い人と違ってもともと体の水分が少ないことに加えて、のどの渇きに気づきにくく、自分で思っているより脱水ぎみになっていると聞きます。いわゆる「かくれ脱水」です。そこへ間違った知識で、水だけを飲んでいると、体内の電解質を水で薄めることになり、電解質の濃度がより下がって、むしろ危険だと。外国の

＊＊＊

マラソン大会で、それで亡くなった人がニュースになりました。汗をかいて塩分が失われるのに、給水ポイントで文字どおり水だけをとっていたようです。

　私は塩分の不足に弱いようで、先ほど述べた胃潰瘍より前に、感染性胃腸炎になったときにも脱水症状に陥りました。朝から胃がむかむかして飲みも食べもせずに半日寝ていました。そのうち、トイレへ立つにもふらつきはじめ、これはなんだろうと思っているうちに、めまいがひどくなり枕から少し頭を上げても吐き気を覚え、結局、脱水症状だったということが、病院で点滴をしてもらってわかりました。

　その経験があったので、胃潰瘍のときも脱水に気をつけていましたが、結局はかかりつけ医で点滴をすることに。塩分は自分で思っていたよりもずっと多くとらなければならなかったようです。大人だと経口補水液を一日五〇〇ＣＣから一〇〇〇ＣＣ。気持ち悪さが進むと、口から飲んでも戻してしまって入らなくなるので、早め早めの対処が必要です。

　経口補水液を日頃から備えておき、飲食ができていないときは、のどの渇きを覚えなくてもとりはじめるのがいいでしょう。もしふらつきを感じたら、自力で行けるうちに近くの医療機関に行きましょう。朝から胃が不調で、飲食を控えているのに、それでもどんどん気持ちが悪くなり、夜になって「このままではまずいかも」と、救急外来へ。私の最初のときはそうでしたが、あれは遅すぎました。もっと早くに近くのクリニックへ行けば、大ごとにならなくてすんだ。受診したら、脱水症状かもしれないことを言いましょう。単に「気持ちが悪い」だと、胃薬を処方されて帰されてしまいかねません。そういうことも、実際、二回ありました。

脱水を調べる目安として、たとえば自分の皮膚をつまんで戻りが悪いときや、口の中が粘つくときなどは、脱水を疑いましょうと、看護師さんから聞きました。脱水への意識はもっと強く持ちましょうと、経験から呼びかけたいです。

＊胃腸炎や、飲食できていないときも脱水は起こり得る
＊水分だけでなく、塩分もいっしょにとる
＊経口補水液を常備して、早めに飲みはじめる

＊＊＊

手袋でハンドケア

あるときから手の乾燥が気になりはじめました。指先がささくれやすく、掌《てのひら》までもかさかさになります。

体調管理への意識が高まってきたことと無関係でなさそうです。風邪やインフルエンザ、ノロウイルスなど感染性の病気を予防したい。予防策は手洗いといわれるので、習慣にしました。外出から帰ったら、ハンドソープで洗う。家の中にいても、お金をさわったら次の何かに移る前に必ず洗う。宅配便を受け取った後もそう。

すると乾燥が避けられません。除菌ソープは特に乾燥しやすいと聞きます。

なんとかするには、手洗い後にクリームを塗る、できれば手袋をして家事をする、その二つに集約されそうです。

家事の手袋というと、炊事用のゴム手袋を思い浮かべますが、水仕事以外でも手は荒れます。たとえば古紙回収のため古紙をとりまとめるときに、私はゴムではなく布の手袋をします。通販の利用が今は多いかと思いますが、段ボール箱を開けて中身を取り出すときや、空き箱をつぶすときも。そうした作業のときの布手袋は、手を守るのに結構効きます。

布の手袋とは、タクシーの運転手さんなどがしている白いやわらかい生地のものです。軍手も持っていますが、細かい作業には向きません。宅配保管付きクリーニングに出す衣類をたたんで重ねて入れる、クリーニングから戻ってきた衣類のビニール袋を外してハンガーに掛けるといった作業にも、やわらかい布手袋がおすすめ。

前にクリーニングから戻ってきた後の作業を、勢いで素手でとりかかり、続けていたら掌が痛がゆく、炎症のようになりました。「やっぱり、手袋の効果ってあるのだな」と実感。以来、水仕事ならぬ「乾き仕事」にも手袋を、と思ったのです。

勢いで、と書いたように、一気に作業したいとき手袋をするのは面倒で、「このくらいなら素手で」とつい、そのままはじめてしまいますが、それを防ぐには、すぐ手

＊＊＊

にとれるところにあること。私は段ボールの開梱《かいこん》や古紙をまとめるのに使う、カッター、はさみ、ガムテープ、ビニール紐といった「作業道具セット」を小さな収納用ソフトボックスにひとまとめにしていますが、手袋もその一式に加えてあります。すると、はさみなりカッターなりを持つ前に、はめる習慣が自然につきます。

乾燥が気になるのは、加齢で皮脂の分泌量が少なくなっているのでしょう。頁をめくるとか、お札を数えるときとか、昔のように紙が指についてこない……。がっくりはしますが、それが今の自分と心得て、手袋で弱みを補うつもりです。

*水仕事以外の作業にも手袋を
*やわらかい布手袋は、あると便利
*すぐ手にとれるところに置いて、はめる習慣を

皮脂を
とりすぎないケア

ボディケアで心がけているのは、皮脂をとりすぎないことです。

皮脂量は年齢とともに少なくなり、特に女性は男性より早く、三十代から下がりはじめると聞きます。

若い頃はナイロンタオルでごしごしこすっていたのが嘘のよう。ボディシャンプーの泡に全身を包むといった洗い方も、今の私はしません。ボディシャンプーを使うのは気になるところに限って、後はお湯で流すだけ。

皮脂には肌を保護するバリア機能があるといいます。「皮脂の汚れはきちんととって、ボディクリームで補えばいいじゃない」という考え方もあるでしょうが、洗いすぎは保湿成分を含む角質も傷めるそうです。

＊＊＊

先ほどの洗い方で肌トラブルはなく、今のところボディクリームを塗らないで、乾燥によるかゆみに悩まされずにすんでいます。

あるとき洗髪しながら、ふと思いました。体がそうなら髪のシャンプーも、控えめの使用でいいのでは。少なくとも毎回使わなくてもいいのでは。

正しい洗髪の仕方などには、シャンプー前のブラッシングと湯洗いとで汚れは九〇パーセント落ちると書いてあります。汚れが気になったときだけでいいのでは。

髪のパサつきが気になっていた頃でもあります。カラーリングは二か月半くらいに一度、パーマも年に何回かはかける髪です。試しにシャンプーなしで洗い、指通りがスムーズでなかったのでコンディショナーをつけてからすすぎ、それで乾かしても頭皮がべたついたり、むずがゆかったりはしませんでした。

地肌のべたつきは、むしろ洗いすぎが原因のこともあるそうです。洗いすぎで乾燥した肌が、バリア機能を持たせなければと皮脂を過剰に分泌する、そうとは知らずますます力を入れて洗うという悪循環に陥るケースが案外多いと、皮膚科で聞きました。そういう人に湯洗いをすすめると、最初のうちはまだ過剰分泌が続いて、べたつきや臭いが気になるけれど、しだいに改善され、フケやかゆみも治っていくと。シロウト判断は禁物ですが、洗いすぎの可能性を考えに入れていいかもしれません。

私はシャンプーをやめたわけではなく、平均して三回の洗髪に一回程度使います。ずっと外出していた日は、排気ガスや埃《ほこり》や飲食店の油分などがつくのでしょうか、髪が重たく感じられます。ヘアセットの必要があり、整髪料を用いた日も同様です。頻度を数字で決めずに、シャンプーで洗いたくなったら洗う、というようにしています。

半年ほど続けて気がつけば、パサつきは相当に改善され、髪に弾力も出てきた感じです。地肌のトラブルはありません。

細かな点を言えば、シャンプーでの二度洗いはしない。お湯の温度は低めに。いずれも皮脂をとりすぎない工夫です。コンディショナー要らずの髪になるのが理想かと思いますが、洗い上がりのブラッシングをスムーズにするために、コンディショナーは使っています。

今、愛用しているのは椿油のコンディショナー。その前は、湯洗いのみした濡れ髪に椿油をつけてみましたが、まんべんなくのばすのが難しく、こちらの方が全体にゆきわたるかと。コンディショナー、トリートメント全般に使い方のコツは、地肌にはつけず毛先を中心にと聞いて、椿油コンディショナーにおいてもそれを守っています。

*シャンプーの使用を減らしてみる
*乾燥がべたつきの原因になることも
*コンディショナーは地肌につけない

転ばぬ先の杖

まだピンと来ないかもしれませんが、年をとったら「気をつけないと」と思うのは、自宅での事故です。高齢者が家の中での事故で亡くなる割合は、交通事故よりずっと多いと聞いています。

自宅での事故のうち、元気なうちから起こりそうなものとして思い浮かぶのが、転倒。防ぐためには、床の上にものを置かない、スリッパを履かない、この二つを私は実践しています。

よく利用する収納かごも、つまずかないよう、椅子の下に入れています。床にものを置かないのが理想ですが、帰ったときの鞄や買い物袋など、一時的に置きたいときはあります。そのときも床にじかに置かず、収納用ソフトボックスに入れます。鞄を床にじか置きすると、動線からは外したつもりでも、ショルダーストラップがひょろっとのびていたりするので、つまずきのもと。ソフトボックスに収め、動線へのはみ出しを防ぎます。

宅配便で届いた段ボール箱もそのまま廊下に置くと、角につまずきがち。すぐには開けられない状況であっても、部屋の奥など、安全なところへとりあえず移します。散らかさないのは安全への第一歩と、つくづく思います。

こわいのはコード類。私の家も、リフォーム前まではコードを床に這《は》わせざるを得ない状況でした。冬の間、自分のいる場所に合わせてストーブを移動していました。そのたびにコンセントから抜き差ししないですむようコードを継ぎ足して使っていたのです。

「コードがあるのはよく知っているから、つまずくわけない」と思っていたのに、危なかったことが何回か。玄関チャイムが鳴って慌てて部屋を飛び出すときとか、考えごとをしながら廊下を歩いているときとか。今の年齢だったから、つまずいてもとっさに体勢を立て直し、前方へ頭から突っ込むような派手な転び方はしなくてすんだけ

＊＊＊

ど、この先はそうもいくまいと思い、少なくとも歩くところにはコードは這わせないと決めました。

　どうしても這わせざるを得ないときは、ガムテープで上からすっぽり覆う形で床に止めてしまう方法もあります。見た目はよくありませんが、介護をしていた父の家では急な必要があって、そうしました。

　スリッパは脱げてつまずきやすいので廃止。リフォーム前は、冬場は靴下を履いても足裏が冷たかったのですが、それでもスリッパは履かず靴下を二枚履きに。

　敷物も微妙です。カーペットのふちも、意外とつまずきやすいです。大きな段差だと注意してまたぎますが、わずかな段差が、かえって危ない。インテリア性という点では、敷きたいところはあるのですが、いちばんつまずきやすかったリビングのカーペットはやめました。リビングの床にべたっと座りたいときは、バスマットくらいの厚さのファブリックをお尻の下に敷きます。それも使わないときはたたんでソファの下に入れておくくらい、つまずき防止は徹底しています。

　すぐに片付けられなくて、とりあえず床に置いてしまいがちな最たるものが、取り

＊＊＊

込んだ洗濯物かと思いますが、私はベッドの上に置いてしまいます。そこだと絶対つまずかない。そして寝るためには片付けないといけないので、「とりあえず」が固定してしまうことがありません。

花粉症の季節はおすすめできませんが、私の場合、ベッドの上が緊急避難的な物置き場になることが多いです。

*コードは這わせないか、ガムテープで覆う
*敷物のはしなど、わずかな段差が意外と危ない
*ベッドを「緊急」の物置き場として活用

＊＊＊

「断捨離」のしすぎに注意

ものを減らしてすっきり暮らすのが理想ですが、減らしすぎて困ることもあります。たとえば日用品や肌着。

ミニマムな暮らしをしている人の取材記事を雑誌などで読むと、タオルは五枚まで、お皿は三枚までなどと、数量をかなり絞っています。ティッシュペーパーの在庫は持たない、コンビニやスーパーがすぐそばだからと。

それが成立するには、自分がいつもベストな状態でないと。ベストとは、いつでも洗えるとか、なくなりかけたら買いに行けるくらいの元気さがあること。でもそうでないときもあるわけです。

風邪を引いて寝込むと洗濯はできないのに、寝汗をかいて肌着はしょっちゅう替え

＊＊＊

ないといけません。鼻風邪を引くと、ティッシュペーパー一箱があっという間に空に。常に元気で動けるわけではないことも、頭に入れておかないと。

同世代の知人が親の家に行ったら、一生かけても使いきれないほどのトイレットペーパーが置いてあったそうです。いつ買いに行けなくなるかわからないという不安があったのだろうと言っていて、ちょっと胸にこたえました。そこまでストックする必要は、私はまだ感じていないけれど、コンビニやスーパーをわが家のストックヤードにする、という考え方はできなくなっています。体調の悪いときも経験しているからでしょう。

テレビでお年寄りの家が映ることがありますが、たいがい「カオス」になっています。こたつテーブルの上に腰痛の貼り薬から胃腸薬、テレビのリモコン、携帯電話、孫の手、耳かきなどがしっちゃかめっちゃかに置いてある。「カオス」になるわけはわかる気がします。先ほど述べた、必要なときに買いに行けない、洗えない以前に、とりに行けないかもという不安から、よく使うものを全部、手の届くところに集めたくなるのでは。

＊＊＊

ただ安全面からすると、どうか？　ちょっとした火の不始末でも燃え移りやすそうだし、「カオス」のこたつテーブルの脇には、たいてい保温ポットがすぐそばまで引き寄せてあるなど、床の上のつまずきやすさも心配です。

　ものを減らすことに関しては、最近私はパジャマを一枚、減らすのと逆に増やしました。長袖は厚手のと中厚のと一枚ずつしか持っておらず、冬は厚手のを朝洗って乾かして夜また同じのを着ていましたが、風邪を引いたときにそれができず、代わりに中厚のを着たら寒い。やはりスペアを持っていた方がいいなと、同じ厚手のパジャマを買い足したのです。ふだんの私ならひとつ買ったらひとつ処分しますが、パジャマはそのルールの適用外に。

　断捨離のしすぎは、気持ちへの影響以前に、実生活で困ることがあるなと思いました。自分がいつもベストな状態でいられることを前提としたシステムは、リスキーです。服一般については少なくしていくつもりですが、パジャマや肌着といった、持っていても特にうれしくないものの方は、多めに持つようにするつもりです。

　断捨離の気持ちとの関係で、迷うのはいわゆる「思い出の品」です。雑誌などでは

＊＊＊

よく、日本人は思い出のものが多すぎると指摘されています。

私も思い出の品は、捨てられないタイプでしたが、年をとるにつれて増えていくので、際限がありません。思い出の品を入れる引き出しを決めて、そこに入るぶんだけはとっておくのを許すことにしました。使わないものは処分するルールからの、そこもまた適用外です。

＊常に元気でいることが前提のシステムには、無理がある
＊ティッシュ類、肌着、パジャマはストックを
＊思い出の品は収納場所を決め、そこに入る量は許す

第二章

小さなことから日常を変える

仮置きかごを活用

仮置きのかごを家の中のあちこちで活用しています。

寝室では、脱いだパジャマをかごに入れて、椅子の下に置いています。パジャマは、以前は汗を飛ばした方がいいかなと思ってハンガーに掛けていました。でも、すぐに洗うので、かごに入れてもいいかなと。かごそのものは、籐《とう》で編まれた通気性のいいものにしました。

バッグインバッグも同じかごに入れています。パジャマをしまう昼間は、バッグインバッグは出して持ち歩いているので、二つがいっしょに入っている時間はそう長くありませんが、毎日使うものを入れておくかごという位置付けです。

部屋になじませる工夫は、かごを覆う布。実はピローケースです。ピローケースはたいがい二枚組なので、一枚を枕に、もう一枚をかごに掛ける。中のものが見えないし、枕と揃いの布なので、寝室内に統一感が出ます。

基本的には、床にものを置きません。見た目に散らかるだけでなく、つまずきのもとです。年をとると転倒↓骨折という、悲劇につながりかねません。

なので、このかごのように、何か置きたい場合は椅子の下へ。椅子の下は歩きませんから、つまずく恐れがないのです。

細かい工夫を言えば、かごの下にフェルトのシートを貼っています。よく椅子や机の脚の下に、床の傷や音の防止のために貼るものです。椅子の下からかごを出し入れするのに、持ち上げずに滑らせることができます。かがんで動かすのが面倒なときは、行儀は悪いけど足で押し込むこともできるので、おすすめです。

以上が仮置きかごその一。その二は、布製の収納かごです。これは家じゅうのあちこちで使っています。

無印良品で「ポリエステル綿麻混・ソフトボックス」の名で売っているもので、外側は白に近い生成りの布、内側がコーティングされています。いろいろなサイズがありますが、私がよく使うのは二つ。Ｂ４サイズほどの大きさで、深めのものと浅めのものです。

深めのものは、来客のときに活用。人のお宅を訪問し、鞄とか脱いだコートとかの置き場に迷うことがあります。そういうとき、カフェの荷物かごのようにまとめて入れられるものがあると安心かなと。

来客のないときも、リビングにひとつ出してあります。帰宅して、とりあえず鞄を下ろしたいときに便利。

浅い方のソフトボックスは、ある目的のために使いたいもの一セットを、一時的に入れます。たとえばリビングのテーブルで手紙を書かなければいけないときは、便せん、封筒、文具類、郵便切手などをその中へ。ひとまとめにしておくと、いざ書いてから「この封筒、のりが要るんだ」とか「切手はあったか」など、そのつどとりに行くことをしなくてすみます。こまごましたものを手で持つと落としやすくもあるので、かごに入れてしまった方が始末がいいです。

仮にその日のうちに終わらなくても、一セットにしたまま持ち越せるので、翌日す

＊＊＊

ぐにとりかかれます。使ったものはその日のうちに全部元の場所へ戻せれば理想的ですが、途中になってしまうことはどうしてもあります。翌日、また全部を元のところから集めてくることからはじめるのは、結構エネルギーが要ります。一セットになっていると、続きの再開がスムーズです。

ソフトボックスのいいところは、その名のとおり柔軟性。プラスチックのかごのように硬くなく、ものを押し込んでも側面の布がちょっとふくらむなど、入れるものに合わせてある程度、変形してくれます。使わないときはコンパクトにたたんで、重ねておけて、何かと融通が利くのです。

＊毎日使うものをまとめて
＊椅子の下に置いて、つまずき防止
＊布製の収納かごは出番が多い

テーブルの上に
ものを置かない

私が決めごとにしているのは、テーブルの上にものを置かないこと。

テーブルの面が全部見えているのは、気持ちのいいものです。疲れて帰ってきたときなど、テーブルの上に書きかけていた手紙の便せんだの封筒だのが載っていると「あ、まだしなければいけないことがあった」と疲れが倍増する感じですが、何もない状態だと、ほっとします。視覚的に安らぐのです。

テーブルの上はとりあえずの置き場になりがち。捨てる前にちょっと目を通したいダイレクトメール、そのうち見るつもりの通販のカタログ……。たまって重なり、下の方のチラシなんて、いつのだか、なぜとってあったのかもわからなくなっていたりする。テーブルの上に置かないと決めると、すごくすっきりします。

くたびれて、その原則を破りたくなるときがありますが、便せんや封筒を本来のしまい場所である引き出しへ戻す元気がなくても、椅子に下ろすまではして、テーブルの上には残さない。

仮置きのソフトボックスは、そういうときも役立ちます。手紙を書く便せん、封筒、筆記用具など、ただ椅子の座面に載せただけでは落ちやすいし、散らかった印象にもなりますが、かごにひとまとめにすると、すっきり。生成り色の布はインテリアのじゃまになりません。

そして仮置きはあくまで仮置きです。仮置きの状態が続くようなら「本置き」の場所を設けましょう。

テーブルの上につい載せてしまう郵便物やチラシですが、それらを入れる場所を私は書斎につくりました。白い木製のスツール型ボックスです。古紙の収集日までの間ためておくという意味では、これも「仮置き」と言えば言えるのですが、リビングのテーブルや椅子の上を「仮置き」とすれば、こちらは、収めるべきところ。

私は玄関から入った流れで、とりあえず書斎のそのボックスの前まで持っていってしまいます。開封し、不要なものはそのままボックスへ。必要なものは手紙を抜き取り、封筒はボックスへ、中の手紙は引き出しへ。

引き出しには、期日のある用事に関する書類を収めています。用事一件につき、クリアファイルひとつを設けて、その用事に関する書類は全部そこへ。泊まりがけで出かける用事なら、用事の概要の書かれた書類のほか、宿の予約の控え、列車の切符まで。とにかく二つ以上に分けないことです。「その用事に関しては、このファイルひとつを持って出れば、忘れ物がない」という状態にまとめておきます。

そしてファイルの外から見える位置に、赤ペンで期日、もしくは用事を行う日を記す。その日が早く来る順に、引き出し内に重ねておく。用事の内容で分類しません。日付で一本化するのです。

用事をすませたらファイルは空にし、ファイルをストックする棚へ戻すので、引き出し内では、直近に迫った用事が常にいちばん上に来ていることになり、しかも日付が赤で書いてあるので、引き出しを開ければ必ず目に入ります。

そうした仕掛けをつくった上で、一日に少なくとも一回は引き出しを開けることを

＊＊＊

習慣にすると、忘れることがありません。

先ほどの仮置きかごでもファイルでも、ひとつの目的に一個、ひとつの用事に一個とするのがいいように思います。書きかけの手紙に使っていたものを入れたかごに、読みさしの本をいっしょくたに放り込むと、「あれ、なんだったかな。手紙に本から言葉を引用して書くつもりだったっけ？」と混乱します。

かごの数は増えてしまいますが、先ほど紹介した布製のソフトボックスはその点でも便利。つぶして重ねられ、かさばりません。

やりかけのものでも、先の用事に関するものでも、知らないうちにどこかに入り込んでしまうのがいちばん厄介。一日の中で「何かを探している時間」が減るのは、ストレスを少なくします。

＊視覚的な「安らぎ効果」が得られる
＊「仮置き」が続くようなら「本置き」の場所を設ける
＊ひとつの目的・用事に関するものは、ひとつにまとめる

収納は余裕を持たせて

クローゼットなどの収納へ、ぎゅうぎゅうに詰め込んでいませんか。少し余裕のあることは、心だけでなく収納にもだいじ。収集までの間、プラスチックごみを一時的に置ける、資源ごみに出す段ボール箱をたたんで置ける。そうした仮置きのできる場所が、収納内につくれると助かります。

住宅の間取り例に「サービスルーム」とあるのを見ては、「こういう一部屋があれば、仮置きできるな」と思いますが、ないものは仕方ない。代わりにクローゼットに、すみからすみまでものを入れず、余裕を持たせることにしました。

収納内を「しまう場所」と「仮置き場所」と、二つに使い分ける方法です。

仮置き場所とはいえ、生活空間の一部。清潔さは保たなければなりません。プラスチックごみとは食品のトレーなどですが、食器といっしょにキッチン用洗剤できれいにし、乾かしてからしまいます。臭いはまったくせず、クローゼットの中に入れておいても全然気になりません。

ペットボトルは空になったら、中を水ですすぎ、ラベルを切り取りフタを外し、その場でつぶして、キッチン内の仮置きかごへ。クローゼット内の仮置き場へ、そのつど持っていくのではなく、その前の仮置きかごがキッチンにあるのです。寝室の仮置きかご同様、つまずかないよう、踏み台兼椅子の下に入れています。

ラベルを切り取るはさみも、キッチンに常備。キッチンには、料理用のはさみとそれと二つあります。料理に使ってしまっているから、別のはさみを違う部屋から持ってきて、となると、そこでもう滞ってしまいます。一連の流れをスムーズにできるのが、処理が面倒でなくなるコツです。

生ごみも収集の日までどこかに保管しないといけません。それはクローゼットでなく、冷凍庫の中。私は冷凍食品を買い置く習慣がないので、冷凍庫にはご飯や干物のストックくらい。空きスペースを生ごみ置き場にしています。冷凍庫の一角にレジ袋を、口を開けた状態でセットしておき、食べた魚の骨などをお皿から直接その中へ。ごみとはいえ、その瞬間まで食べ物の一部だったものなので、冷凍庫に入れるのはまったく抵抗がありません。納豆の紙の容器なども、生ごみと同じ扱いでいっしょに入れます。

　私の住んでいるところは、生ごみの収集が週に二回。その日の朝はじめて、生ごみをストックしておいた袋を冷凍庫から出し、収集用の袋に入れてそのままごみを出す場所へ。生ごみの臭いは真夏でもまったくしません。「常温」で保存していた頃は、水をよく切り新聞紙にくるんだ上にポリ袋の口を固く結んで、消臭剤を使っても、臭いを防げませんでした。この方法にしてから、とても気持ちがいいです。

*収納の一角に「仮置き場」を設ける
*プラごみ類は洗ってから保管
*生ごみは冷凍すれば臭い知らず

＊＊＊

衣替えはしない

今、なるべく〝衣替えをしない衣生活〟をめざしています。

以前は、衣替えはするものだと思っていて、年に二回行っていました。薄型のプラスチック製衣装ケースを九つ、クローゼットの天板に近い棚に積んであり、衣替えの季節になると脚立に乗って、出し入れ。丈の長いコート類は、ベッド下の収納にしまっていました。ベッド下の前面はいくつかの引き出しになっていて、後ろの方はそれとは別に、長いものを入れられるスペースになっているのです。

その出し入れの作業が、だんだんたいへんになってきました。長いものを入れるところは上から開け閉めします。ベッドの上の寝具をまず全部のけ、マットレスを下ろして、その下の板を外して。マットも板も、人の体を支えられるくらいのものですから大きく重い。衣装ケースの方も脚立の上段に乗って、出し入れをしているときにぐらっとバランスを崩すこともあり、たいへんなだけでなく危険そう。

これからは年をとっていくこともあり、衣替えをしなくてすむようにしなければと考えはじめた頃、マンションのリフォームをすることになり、クローゼットの収納方法を変えました。それを機に、服はこの中に入る量しか持つまいと決めました。具体的には、衣装ケースとベッド下の長いものを入れる収納は、もう使わない。衣装ケースは、他のことに転用する可能性を考え、二つだけとっておき、残りは処分。

クローゼットの作り方は工夫し、ハンガーポールを手前と奥に二本設置しました。ただ奥行きが充分でないので、手前と奥にハンガーが、完全に二列に並ぶようにはできなくて、はしとはしがちょっと重なり合う。それでも奥と手前のハンガーポールの高さを十センチぐらい違《たが》えると、うまいこと入れ子にできます。ハンガーでいちばん厚みが出るのは肩の部分なので、手前と奥で肩の高さを十センチほどずらすと、いちばん厚い部分どうしが重ならなくてすむ。ハンガーポール一本のときの収納量の、完全に二倍とは言えませんが、一・五倍にはなった感じです。

＊＊＊

このずらす工夫を思いついたのは、通販のカタログに載っていた道具から。フックの連結したようなものを、既存のハンガーポールに取り付けて、ハンガーを掛ける高さを変えるのです。「なるほどこうすれば収納量を増やせるのだな」と感心し、だったらこれを応用しようと。クローゼットの補助道具の発想を、クローゼットそのものに取り入れました。

もしこれからクローゼット収納を変えることをお考えなら、持っている服の寸法を測って、それに合うように作るのがおすすめです。私の場合、チュニック丈のものが多いので、ハンガーポールの高さは考えました。クローゼットの半分は、ハンガーポールを上下二段に設置していますが、高さを半分に分けずに七対三ぐらいにして、七の方を丈の長めのチュニック用、三の方を丈の短いジャケット用としたら、うまく収まりました。

クローゼット設計によって収納量がアップすると、夏物も冬物もいっしょに掛けておけます。チュニックを例にとれば、夏の間は薄手のものや半袖のものを手前のハンガーポールに掛け、寒くなってきたなと思ったら洗って後ろのポールに移動させ、後ろに掛けていた厚手のものや長袖のものを手前に出す。ハンガーの掛け替えだけですむので、とても楽です。

衣替えをしないですんでいるもうひとつの理由に、保管付きクリーニングの利用があります。自宅で洗いにくいダウンコートやニットワンピースなどは、そちらに出します。私が利用しているのは二十点出して一万五千円＋税。ネットや電話で申し込むと集荷用の袋と伝票類が送られてきて、袋に詰めて必要事項を記入し、宅配業者に集荷を依頼して発送。送料も込みです。返送してもらう時期は冬物であれば十月上旬、下旬、十一月上旬などと選べます。夏の間ずっとそちらで保管されているので、クローゼットにはさらにゆとりができます。限られた収納空間をより快適に使うには、宅配保管付きクリーニングの利用も一方法です。

＊出し入れが無理なくできる量の服を持つ
＊クローゼット内の空間設計で、収納量アップ
＊宅配保管付きクリーニングは便利

自分に合う色と形

服の買い物の失敗は、以前よりずいぶん少なくなった気がします。失敗を重ねながら、自分に似合う色と形がわかってきました。お店で見て「すてき！」と思って買ったのに、着ると何かイメージと違うことがありますね。私にとって黄色の服が要注意。レモンイエローのような青みの入った黄色だと、まだなんとかなるのですが、そうでないと顔がとてもくすんで見えるのがわかってきました。オレンジや赤もよほどうまく選ばないと、自分の顔色が引き立ちません。

おおまかに言うなら茶系統よりは黒系統を選んでおくのが、私には無難なようです。クローゼットに結局残るのは黒、グレー、ネイビーが多く、茶色、ベージュは少ない。そんな状況に落ち着いてきました。好きでも自分には似合わないことが、経験からわかってくると、お店で見てひかれても踏みとどまれるようになります。私には無難なはずの色でも、襟あきひとつで印象が変わります。Ｖネックとなると、私にはどうも似合わない。ワンピースでもプルオーバーでも。色のみならず形も、自分に何が似合って何が似合わないのかを知れば「持っているけど着ない服」が減ってくる気がします。

　かといって冒険をまったくしないわけではありません。「試してみて似合わなかった」とわかる一方で、「試したことがないけれど似合わない」と決めつけているものはありませんか。「試してみて合わなかった」は無駄買いを防ぐ力となりますが、「試したことがないけれど合わない」は、一回は試す価値があると思います。

　たとえば私はワイドパンツが「合わないはず」とずっと思っていました。私が好きなのはスリムなパンツかレギンスに、チュニックなど長めのトップスというスタイル。この年代にしては背の高いのが私の悩みで、ワイドパンツをはいたらもっと大柄に見えてしまうだろうと。でも人にすすめられて、ワイドパンツに短めのボリュームのあるトップスを試してみたら、ふだんのスタイルに比べて背が高く見えるわけでも

＊＊＊

なく、着心地も意外といい。それまではなかったワイドパンツのコーデも、最近では増えました。

「自分に似合う、似合わない」は経験値のこともあれば、今述べたような思い込みのこともあるでしょう。年を重ねると経験値の蓄積は、自分の味方になってくれますが、思い込みはおしゃれの幅を狭めそうで、ちょっとさびしい。決めつけないで一回は挑戦してみたいものです。

＊店で見て「すてき」よりも、着て自分を引き立てる服を
＊「持っているけど着ない服」が減る
＊一度は試して、経験値を重ねていく

ゴムとの闘い

年とともに服に求める条件として、着心地のよさや楽さの優先度が上がってきます。私が疑問なのは「ウエストゴム」。世の中では楽さの代名詞のようにいわれますが、ほんとうにそうか？

ゴムって伸びるから楽と思われがちですが、確かに引っ張れば伸びるけど、手を離せば元に戻ります。戻ろうとする力でウエスト部が常に圧迫されている、その締め付け感が私は苦手。お腹まわりの肌に圧迫された痕もつき、皮膚トラブルまではいかなくても不快感はあります。なので通販でパジャマやルームウェアを買う際も、ウエストのゴムの入れ替えが可能かどうかを気にします。

ウエストゴムやストレッチ素材の商品を広げて見たとき「まさか、ここにお尻を入れよと⁉」と驚くものが多くないですか？　レギンスでもＬＬサイズなのに、ウエスト部やヒップ部が、はがきの長い辺くらいの幅しかないとか。もちろん伸ばせば入るけれども、必ず圧迫感があるわけで、着用中はそれとの闘いになります。

　購入に当たっては「縦横ストレッチ」とか「ぐーんと伸びる」などのうたい文句に惑わされず、そのあたりをよくよくチェックされることをおすすめします。

　ストッキングやタイツは、どうしても幅が狭いですが、せめてマチ付きのものを選ぶようにしています。サイズ表示でＭ、ＬのほかにＪＭ、ＪＬなど「Ｊ」のつくものがあれば、それを。「Ｊ」はふくよかな方向けと、売り場の人から聞きました。私は「Ｊ」のつくサイズ設定があればそちらを買うし、なければなるべくならＬＬ、それもなければＬにします。

「Ｊ」のつくサイズを買おうとすると、「お客様、これはふくよかな方向けですが」とレジで確認されたり、試着できるところでは止められたりしますが、「はい、間違いありません」と言い切る。前に知人が「自分はＳの人と思っていたのに、Ｍがちょうどよくてショック」と言っていましたが、私はそういうプライドはとっくに捨てていて、心地よさをとります。引き出しにＬＬのレギンスが入っていることは、悔しくないです。

パジャマやルームウェアは、ゴムの入れ替えが可能なものを買った上で、はくとたいていきつく感じるので即入れ替えます。お腹まわりにつかず離れず、ずり落ちない程度のゆるさが、私の好み。入れ替えは、それほど手間がかかりません。ゴム通しという裁縫道具があれば、ほんとうにすぐ。ウエストの締め付けがないことは、寝心地にもつながります。

＊伸びが戻るときの圧迫感を忘れずに
＊ウエストゴムの入れ替え可能なものが安心
＊プライドは捨ててサイズ選びをする

寝具はコットンに

寝心地に意外と関係するのではと思うのが、静電気です。前は無頓着でしたが、ある年齢から気になってきました。

「これはだめだ」と思ったのが、冬にボアシーツにフリースパジャマで寝たときのこと。夢の中で自分のまわりに膜みたいなものがモワモワ、モワモワまとわりついて、目を開けると、髪が静電気で逆立ってあちこちに張りついています。

気にならない人もいるかと思いますが、「パジャマもきゅうくつでないものにした。枕も好みの高さ、硬さのものにした。なのに、なぜか安眠できない」ということなら、原因に静電気を疑ってみてもいいかもしれません。

私は寒がりなので、暖かくして寝たい。でも暖かさをうたう寝具は、化学繊維のものが多い。ボアシーツしかり、マイクロフリースの毛布しかり、フリースパジャマしかり。化学繊維は静電気が起きやすいと聞きます。

いろいろ試して冬のパジャマは、厚手のコットンニットのものに落ち着きました。ニットなので伸縮性があり、生地に空気を含んでいるので、コットンでも暖かく感じます。静電気はゼロではないけど少なめです。最初は、同じく静電気が起きにくい上、保湿力もあると聞くシルクニットのパジャマにしましたが、高価だし傷みも早いのでやめました。今はコットンニットで充分満足。

ベッドのシーツも、化学繊維はやめてコットンに。いちばん寒い時期は「モイスケア」という繊維を中綿にした、敷きパッドを使っています。同じくモイスケアが中綿の掛け布団もあります。モイスケアは吸湿発熱性の素材で、化学繊維ではありますが、静電気に悩まされたことはないです。私の使っている敷きパッドは、中綿を包む生地の肌側の面がコットン七〇パーセントだそうで、そのためもあるかもしれません。

モイスケアの敷きパッドの上にじかに寝るのが、吸湿発熱性がいちばん生かされる

* * *

とは思いますが、寝具はインテリアの一部。愛用のモイスケアの寝具は、色が私の寝室には合わないので、好みの色のシーツをパッドの上に敷いたり、掛け布団をカバーリングしたりしています。それらシーツ、カバーリングはコットンで。

学校の制服、会社の制服ともブラウスは白の化学繊維でしたが、洗濯を繰り返すとなぜか黒ずんでいきました。コットンはそれがない気がします。色の清潔感、洗い上げて干したときの満足感。それと肌にじかにふれているのが天然素材というのは、なんとなく気持ちがいいです。

睡眠時間は、人生に占める割合が大きいもの。八時間寝るとしたら人生の三分の一だし、六時間でも四分の一。自分にとって心地よいものを使うという贅沢をしてもいいかな、と思えます。

*静電気は安眠の妨げになり得る
*「あったか寝具」には化学繊維が多い
*睡眠時間は人生の四分の一以上、心地よいものを

リフォームのすすめ

年をとるにつれて、それまで不便と思わなかったところが不便に、危険と思わなかったところが危険になることが出てきます。

私について言えば、年とともにこたえるようになったのが床からの冷え。家の中でいつも寒さのことを考えていました。

暖房器具はもちろん使っていました。冬になればホットカーペットを家具の下へ敷き込み、ストーブまたはエアコンも使い、夏の前にはストーブをしまい、ホットカーペットも外してたたむのですが、その作業がだんだんたいへんになってきます。また、そうして苦労して居室を暖めても、廊下に一歩出れば寒いなど、家の中に温度差がありました。トイレも寒く、冬場に風邪を引いたりノロウイルスでお腹を壊したりしているときはことにつらくて、リフォームを決意したのです。

リフォームをいつするかは考えどころです。最初は老後になってからでいいと思っていました。老後だと、時間的に余裕ができるので、リフォームのプランをじっくり練ることができる、シニアになってからの方がそのとき必要なものがわかるだろうと。でも結果的には五十代でリフォームして、私はよかったと思います。

リフォームはやはりエネルギーの要ることです。私は仮住まいに引っ越して戻ってきたので二回引っ越しをしました。そのための体力はもちろんのこと、業者さんとあれこれ交渉をするエネルギーも要ります。

では、引っ越しをしないで住みながらリフォームすれば楽かというと、そうではない。体験者の話によると、毎日朝八時半に工事の人が来るから、たとえ具合が悪くても必ず起きていなければならないし、朝から夕方までずっと人がいて、かなりの騒音も振動もあるし、工事の人のお昼ご飯やお茶の気づかいもあるしで、たいへんな心労だったと。そう聞いて、引っ越しを伴うにせよ伴わないにせよ、ある程度体力のあるうちがベターだなと、感じました。

＊＊＊

ある程度体力のあるうちだと、リフォームのプランを練るにも、足腰の弱ってからのことはなかなかイメージしにくいものです。私は、いきなりバリアフリー仕様にしなくてもいいかなと思いました。手すりもどこに必要になるかが具体的にわからない。ならば必要になったとき、介護保険で費用補助を受けて設置すればいいかなと。手すりなら、大がかりなリフォームでなくても修繕の範囲でできます。

もちろんできる限り、老後のことを考えてリフォームをしました。床の小さな段差をなくす。引き戸を採用する。引き戸も上から吊るものにすると、床にレールを設けずにすみ、それもつまずき防止です。引き戸は左右にスライドさせるもの。開き戸は、近づいてドアノブを持ってからいったん後ろへ下がらないといけませんが、引き戸ならそのまま前へ進めて、高齢者には楽なのです。そのあたりは結構考えました。

さて、実際にリフォームをしてみて、大正解でした。とにかく前の家が寒すぎたので、リフォーム後にはじめて冬を迎えたとき、家が暖かいとこんなに活動的になるものかと驚きました。寒くないだけで元気が出るし、温度差がないので臆せず動き回れるし。また、ほんとうに小さなことですが、カーテンのタッセルを掛けるフックひと

＊＊＊

つも自分好みの仕様にできるので、掛けるたびにささやかだけど満足感があります。

フルリフォームまでしなくても、部分リフォームという選択肢もあります。家の機能性の向上に加えて、気分も上がるリフォームはおすすめです。

＊ある程度体力のあるうちがベター
＊バリアフリーにするのは早まらずに
＊活動的になり、気分も上がる

好きやこだわりを集めて

三十代のときに、女性のためのマンション購入セミナーを主催する女性が言っていたのが、「好きなものを身の回りに置くと、特に女性は心が安定する」と。その頃の私は、ものよりも心が上位にあると考えていたので、ものに心が左右されるとは思いたくありませんでした。

そう書いて、若さゆえの意地の張り方が恥ずかしいです。女性の言っていたことが、今はよくわかります。日常でふれるものが好きであることは、気持ちが落ち着くというか静まるというか、安らぐ感じです。

家族の状況、住まいの状況、体の状況、むろん使えるお金も含めて、身の回りに置くものを選べる期間が、人生でそう長いわけではありません。幸いにも今選べる状況にあるなら、ぜひそうしたい！

家をリフォームしているとき、費用がだんだんかさんできたので、どこかを節約しなければと、頭がいっぱいになっていました。そのタイミングで選んでいたのがカーテンのタッセル掛け。私のひかれたのはアンティーク調のもので、白い塗装がかすれたような風合いに仕上げた装飾性のある金具で、価格は高め。同じ白でもふつうのプラスチックのフックにしたら、少しは費用を削れます。

プラスチックのフックに傾きかけて、考え直しました。高めといっても数百円の差。タッセル掛けなんて、一度取り付けたら少なくとも十年は使い続けるでしょう。カーテンの開け閉めのたび、一日に少なくとも二回はふれる。それが三百六十五日×十年。数百円の差であれば、ふれることがうれしいものの方にしたい。

アンティーク仕上げの金具にしておいてよかったと思っています。満足感というのは意外と、小さいけれどもしょっちゅう目に入る、あるいは手にふれるところに宿る気がします。

リフォームでは、費用やもともとの建物の構造などいろいろな制約があるので、あきらめたことはたくさんあります。キッチンの壁の全部をタイルにできたらすてきだけど一部にし、漆喰《しっくい》の壁や天井って憧れだけど、とても手が届かずビニールクロスを貼りました。希望の全部がかなえられるわけではないけれど、だからこそ小さなところ、しかも日常的なところで「好き」を実現するのは、工夫のしがいがあります。

　目に入るのがうれしいのは、生活の質を上げる気がします。たとえば歯ブラシ。歯ブラシは洗面所にずっと立ててあるので、常に見えている状態です。私の家の洗面所は白と薄いブルーが基調なので、歯ブラシもその色にしたい。歯ブラシは前から「これ」と決めている、機能面では好きなものがあったのですが、それには白も薄いブルーもなく、なぜか強い色ばかり。いくら磨き心地がよくても、それらの色の歯ブラシを洗面所に立てておく気にはどうもなれなくて、あきらめ、白という条件の中で別の歯ブラシを探すことにしました。

　いろいろな白を試して、磨き心地がまあまあなものに出会うまで、一年数か月。

「こだわり」とは、もともとは他人から見ればどうでもいいようなことに心がとらわれるという、どちらかというと悪い意味で使われる言葉でしたが、まさにそうかも。

＊＊＊

他方で「こだわり」は、他人から見ればどうでもいいようであっても本人にとっては思い入れがある、という意味で用いられるようになりました。そちらの意味でも「こだわり」の歯ブラシです。磨き心地でいえば、前の方がやっぱりよかったけれど、色を優先し、機能の面は少し譲りました。

＊好きなものを選べるときは、ぜひ選ぼう
＊日常の小さなところにこそ「こだわり」を
＊そのものに優先的に求める条件を考える

お風呂の愉しみと掃除のコツ

ものの置き場は、使う場所の近くにあるのがいちばんです。たとえば、私はお風呂掃除用グッズなどを、お風呂の中に掛けてしまっています。お風呂ってたいがい壁に一本ポールがありますね。そこに掃除用のブラシを、毛の植わっている方を上にして掛けると、ブラシの水切りができて乾きがいい。お風呂掃除の洗剤も、スプレーのレバーのところを、ポールに掛ける。さっととってすぐに掃除ができます。

お風呂に入ったついでに掃除ができるのです。浴槽の栓を抜いてお湯が落ちるまでの間に、ブラシと洗剤で浴槽のふちや、ものを載せる台、シャンプーの泡などがはねた壁をさっとこすり、浴槽が空になったらそちらもひとこすり。月に何度かの風呂掃除の日に、水あかや汚れを頑張ってこそげ落とすより、お風呂に入るつどしてしまう

＊＊＊

のが、掃除としては断然楽です。

終わったら、床や浴槽のふち、もの載せ台に残った水を、水切りワイパーであらかた除去。そうしておくと乾燥が早いです。

バスタブの排水口の詰まりも、そのつど取り除きます。細くて長い柄の先に小さなスクリューブラシがついているものがあって、そちらもバスルーム内に常備。排水口に差し込んで、さっと回すと、髪の毛や埃が面白いようにとれます。

風呂掃除が面倒で、なかなかしなかった私が、なるべく楽な方法を考えた末、今の方法に落ち着きました。今のバスルームにして三年ほどですが、カビが生えたことはありません。ジムでお風呂をすませることが多いためもあるかもしれませんが。

このシステムが成立するには、掃除用具の見た目がだいじ。風呂に入っている間も、視界にあるわけなので。ブラシも水切りワイパーも清潔感の出るよう、私は白に。洗剤のスプレーボトルは、植物を思わせるナチュラルなグリーンの容器です。

ボディシャンプー、シャンプー、コンディショナーは詰め替え容器に移して使っています。今使っているものは、陶器のディスペンサー。前から憧れていましたが、これを使えるのは、おおげさに言えば「人生の中で今しかない」と思いました。陶器のディスペンサーは重いし手が滑りやすいし割れやすいしで、年をとってからでは無理かもと。小さな子どもがいても難しいと思いますが、私はそうでないし「今持たないでいつ持つんだ」と。

満足感はあります。これもおおげさに言えば、バスタイムのクオリティーが上がった感じ。バスルーム自体は、ごくふつうのシステムバスで、マンションだから小さいサイズ。高級感があるわけでもなく、ミストサウナとか防水のテレビとかがあるわけでもないけれど、バスグッズを好みのものにするだけで、こんなに気分が変わるとは。そんなことから掃除用具も、癒やしの気分を損なわないビジュアルのものを選んでいます。

＊入浴のついでに掃除するのが、結局楽

＊掃除グッズを、バスルーム内に置く

＊好みのバスグッズで、バスタイムの満足度をアップ

＊＊＊

食洗機で時短

食洗機を二十年近く前から使っています。はじめは家電量販店で売っている置き型のものを。リフォーム後は、システムキッチンに組み込まれています。

きっかけは、食事を買ってくるものですませず、なるべく自分で作るようにしたいと思ったこと。でも家事にかけられる時間とエネルギーには限りがあるので、どこかで省エネ省タイムをしなければならない。食事作りに時間をかけるのならば、食器洗いで時短をしようと。「ひとり暮らしなのに、機械に食器を洗わせるなんて怠慢であり贅沢かも」とも迷いましたが、思い切って導入しました。

使いはじめるとほんとうに楽。前は洗うことを考えて、使う食器を少なくしよう、みたいな意識がどこか働いていましたが、それがなくなりました。梅干しと漬物を別々の小皿に載せて彩りを出そうなど、器使いも楽しめるようになりました。

　今の食洗機は、そのシステムキッチンにつけられる中でいちばん大きいものです。ショールームで選ぶ際、メーカーの人からは、ひとり暮らしだとそこまでは不要かもと言われましたが、食洗機に関しては大は小を兼ねるかなと。正解だったと思います。食器だけでなく、鍋も入れられるし、食器の少ない日には、ガス台の五徳や魚焼きグリル、電子レンジの回転皿、まな板、包丁などまで入れています。調理に関するもののほとんどなんでも、そこで洗える。グリルや五徳、電子レンジの皿は汚れをためると、熱でだんだん固くなりこびりついて落ちにくくなりますが、その苦労がなくなりました。グリルの茶色っぽい脂汚れは、重曹石鹸とスポンジでこすることもありますが、食洗機であらかた落ちているので、一から手洗いするのに比べ、格段に楽です。

　つくづくわかるのが、食器は洗うのもさることながら、水を切って拭くという工程が結構面倒だなということ。水切りかごがいっぱいになってしまったり、なかなか水気がとれず、何枚もふきんを替えたりとか。夏はふきんが乾きにくく、菌が繁殖しやすいとも聞きます。その工程も食洗機が担ってくれるので助かっています。

食洗機に入れる前に軽く予洗いをした方が、仕上がりはいいです。鍋の汚れをスポンジでこすったり、お皿についた魚の脂を落としたりしていると、このまま手洗いした方が早くないかなと思うこともあります。でも、その流れで進めてみると、よくすすいで、水切りかごに倒れてこないように置いて、拭いて……という工程が、食器洗いの中で大きなウエイトを占めているのがよくわかり、予洗いの手間があっても、食洗機に入れて後はお任せの方がいいなと。

食洗機をやめて全部手洗いに戻るのは、衣類について洗濯機をやめて手洗いするのに近いかも。そう感じるほど、食洗機は私にとって救いとなっています。導入できる状況にありながら「贅沢かも」と迷っている方には、おすすめしたいです。

＊家事のどこで省エネ省タイムするかを検討
＊食洗機は大きい方がおすすめ
＊予洗いをしてもなお、全体の手間は減る

ものの減らし方

ものが多いよりは少ない方が、いろいろな面で楽ではあります。

終活を意識して減らしているわけでは、まだないですが、少ないと取り出しやすいし、探す時間もエネルギーも省ける。生活全体がスムーズに回る感じ。

服については定期的に見直しをしています。季節の変わり目に、そのシーズンに出番のなかったものがないかをチェックして、まずひとまとめに。それを一挙に判断します。手放すかどうかの見分け方は、「着てみる」、もうこれに限る。

置いたまま見ていると、好きで買ったからやはり好きだし、服の状態としても充分着られる。でも、実際に身につけて鏡の前に立つと、一目瞭然。「あ、これは好きだけど終わった」とはっきりわかる。ただし、夜、メイクを落とし、しかも疲れ果てたときにそれをすると全部が「終わった」服に思えて、減らしすぎになりかねない。ある程度元気で、メイクがまだ残っているときに着ると、適正な判断ができそうです。自分にとって「終わった」けれど状態のいい服は、私はリサイクルショップに持っていき、それ以外は古布回収のときに出しています。

　本も、若いときに比べたら思い切って処分できるようになりました。前は、本だけはあきらめきれなかったのですが、「必要になったら図書館にあるし、古書店でも買える」と割り切って、本棚に入らない本が、床のあちこちに積んであるようなことは、やめにしました。

　本に限らず服についても器についても、私がルールとしたのは、収納場所を決めたら「ここに入るまでしか持たない」。ものすべてにそのルールを適用しようと思います。

　ものを減らすのは、エネルギーの要ることです。若いときと、エネルギーの要るプロセスが違う気がします。「処分」に、判断の部分と、実際に処分するという行動の部分があるとすると、かつては判断がなかなかつきませんでした。経験も積んできた今は、判断は割とつきます。そこは自信を持っていい。

その先のプロセス、すなわち手放すと決めたものを、実際に体を動かし捨てるなりどこかへ持っていくなりする部分が、おっくうになってくるのです。

服や本はネットでの買い取りもあります。あるサイトで服の注文をしようとしたとき、前にそこで注文したアイテムから、これとこれが買い取り対象というのが出てきました。買い取りを申し込むと、集荷キットが送られてくる。本は重いので集荷の箱に「詰める」作業もたいへんではあるけれど、自分でどこかへ運んでいかなくてもすむ。そうした仕組みを利用して減らすのも一方法です。

＊服の要不要は、着ればわかる
＊収納場所に入らない量は持たない
＊判断は若いときよりもできると、自信を持って

＊＊＊

第三章

＊＊＊＊＊

さまざまな不調とどう付き合うか

健康管理に過信は禁物

ある程度年を重ねてくると、皆さんそれぞれに健康法を持っていると思います。知人は抗菌抗炎症の作用があるというマヌカハニーを頼りにしています。「ちょっとした傷でものどの炎症でも、これをつけたら治る。調子が悪いなと思ったら、これを舐《な》めて早めに寝ればだいじょうぶ」と。それぞれに健康的と思う食事をしているでしょうし、食事に気をつけている人は運動習慣もあるでしょう。

共感する一方で、過信するこわさも感じています。「健康法を実践しているから私はだいじょうぶ、病気になんてならない」と思い込まずに、健診を受けるなり、かかりつけ医を持つなりして、専門家の知識を上手に借りながら健康管理する方を、私はおすすめしたいです。

＊＊＊

病気は食事だけでなるものでもないし、運動不足だけでなるものでもありません。知人で、見るからに健康的でマラソン大会にも出場していた人に、がんが見つかって、本人も驚いていました。がんがあったこと以上に、がんがありながらふつうに走れていたことの方に驚いていて「ほんとうにわからないものだわね」と。

私も自分なりの食事療法は持っています。が、似たような食事療法をしていて「医者には一度もかかったことがない」とか「検査はかえって体を悪くする。見落としもあるって言うし」と言う人に会うと、心配になります。検査にも見落としがあるのは、残念ながら事実ですが、それよりも検査で見つかることの方が多いです。その恩恵は受けたい。生活習慣病はその名のとおり、少しずつ進みます。がんについては症状がなくても検査を受けるのが、早期発見の道です。

がんだと自然療法だけで治そうとする人もいます。が、私はがんになっても、まずは標準治療を受け、その後の養生に自然療法を取り入れるつもりです。

今の医療で安全性と有効性が確認されているものを、標準治療といいます。最初から自然療法だけで治そうとし、進行してしまってから病院に行き、そのときは選択肢がとても限られ、亡くなってしまった人もいて、早期のうちに標準治療を受けていれば、とはタイミングを逸してしまった後の本人にはけっして言えませんでしたが、ほんとうに残念でした。

健康への意識が低かった人ではありません。むしろ高くて、がんになってからも情報収集に積極的だったのです。結果、病院ですすめられた標準治療より、「自然療法で治した人がいるから」と、自分で見つけてきた情報の方を高く評価してしまった。知識欲が旺盛で、自分で解決しようと意欲も旺盛な人が陥りやすい落とし穴かもしれません。

今は情報検索できる環境にあるので、自分の知らない何かがあるのではと探すのは自然だと思いますが、奥の手とか裏技というものは、健康管理においては、なかなかない気がしています。

「病院に行くと具合が悪くなる」とよく言われますが、当然です。慣れない環境で、混雑していて、時間もかかります。検査となると薬や器具などを体に入れますが、体内にふだんないものだから、快適ではもちろんなく、ダメージも少々あります。病院

＊＊＊

にはひと頃よく通った私も、行くたびに疲れました。

でも、そこはリスクとベネフィットとの勘案です。それによって得られる利益とか恩恵の方に目を向けて、健康管理に取り入れています。

＊「私はだいじょうぶ」は危険
＊医療の恩恵を、まずは受けよう
＊奥の手、裏技はなかなかない

家の近くで「お試し受診」

かかりつけ医を持っている人は、どれくらいいるでしょうか。

外で働いている人は、勤め先の健診を受けて、何かあればそこから病院を紹介されるでしょうし、ふだんの風邪や腹痛などは市販の薬ですませてしまうこともあるでしょう。家庭にいると、子どもや親の病気ならばお医者さんに連れて行くけれど、自分の不調でお医者さんにかかることまでは、なかなかないかもしれません。

ですが何かあったときに、たとえば大きな病気をしたときなどに、スムーズな受診へつなげるためにも、かかりつけ医、日頃からよくかかるお医者さんはできれば身近に持っている方がいいと思います。

私の場合、家で仕事をしていることが多いので、とにかく家の近くで歩いていける範囲にかかりつけ医を見つけることにしました。

どこに行くかですが、町のお医者さんだとよく、クリニックの看板に「内科、消化器科」とか「内科、循環器科」とか書いてあります。「内科」の次に書いてあるのが、その先生の詳しい分野というか専門分野と考えていいと思います。私は一度消化器の病気をしているので、ふだん町を歩くときにも病院の看板を見ていて「内科、消化器科」と書いてあるところにいくつか目星をつけておきました。

そして、目星をつけたクリニックのホームページを見てみます。先生の経歴で、クリニックを開業する前に、たとえば都立の某病院の消化器科にいたとあると「大きな病院で多くの手術も経験しているのだろう」とか、アメリカの某大学に留学とあると「どちらかというと研究の方を歩んできたのか」などと推察します。先生の所属学会が書いてあることもあります。「大腸肛門病学会」とか「内視鏡学会指導医」とか書いてあると、「この先生は消化器の中でも、胃より大腸の病気に特に強いのかな」とか「指導医をつとめるくらい、内視鏡が上手なのか」と。内視鏡は消化器でいうと、胃カメラとか大腸カメラです。

そんなふうにして自分が弱いところや気になっているところに詳しそうな先生を探します。

候補のクリニックを絞ったら、次に「お試し受診」です。「お試し」というと、先生には失礼ですが、よくある不調、たとえば風邪や腹痛などのときに、時間をつくって候補のクリニックに行ってみます。また、自治体のがん検診などだと「地域のここのクリニックに行ってください」といくつか挙げられているので、そうした機会に自治体の検診を委託されているところに行ってみるのも一方法です。ホームページなどで調べた文字情報とはまた別の、先生と対面してのフィーリングというか、話しやすさなどの相性がわかってきます。

＊遠くの大病院より、近くのクリニック
＊看板やホームページから情報を得る
＊よくある不調や検診のとき受診してみる

かかりつけ医のある利点

かかりつけ医のあるよさは、まず、市販の薬で対処してしまいがちな風邪や腹痛にも、クリニックで出してくれる薬の方が効くことです。長々と市販薬を飲んでいるよりは、なんとか時間をつくってクリニックに行ってしまった方が、結局は早く治る。これは多くの人が言います。

よくある病気が早く治ることがひとつ。二つ目はお医者さんとのコミュニケーションの練習になるということです。

治療には、医師との間のインフォームドコンセント（説明と同意）が必要ですが、大きな病気になって気が動転しているときに、いきなりコミュニケーションの「本番」となるのはたいへんです。とりあえず命に別状はなさそうなことで受診の際に、練習しておけると、いざというとき慌てません。
たとえば風邪で受診したとき、「いつ頃からどういう症状がある」とか、「自分はこういうアレルギーがある」とか、自分からの情報提供をします。先生からも、いろいろな説明を受けるでしょう。「この薬は症状のあるなしにかかわらず全部飲みきってください」「こっちの薬は治ったらやめていいです」など。そうした先生の説明を聞く練習にもなるし、できればメモをとりましょう。日頃からメモをとりながら聞くのがふつうのことになっていれば、大きな病気ではじめての先生にかかるときも、自然にできます。

医療機関にかかるときに何を持っていくかも、身につきます。たとえば健康保険証と、初診時は持っていないけれど二回目からは診察券もいるとか、お薬手帳や筆記用具も持っていった方がいいとか。いざ病気となったときに、必要なものをパッと揃えられます。

がんの医療フォーラムなどで聞いたのは、家族のいる人はできれば家族もその練習に参加してもらうとよいと。ひとりで受診して、そこで受けた説明を家族に話すと、

＊＊＊

自分のわかっていないところがよくわかります。薬をいくつかもらってきて「こっちの薬は治ったらやめていいの？」と家族に聞かれて「あれ、どっちだったかな」とか。意外とわかっていないことが出てきます。家族自身もまた、大きな病気になったときの心構えができると思います。

　かかりつけ医の利点の三つ目は、大きな病院で処置しなければならないときに、かかりつけのクリニックから病院へ連絡をとってくれることです。具合が悪くなっていきなり大きな病院に行こうとすると、どこに行ったらいいかわからなかったり、紹介状がないまま行くと余計にお金がかかったり。紹介状という呼び方が誤解されやすいと思うのですが、いわゆるコネみたいなものではなく、医師から医師へ情報を提供するものです。かかりつけ医での診察結果が、持っていった先の病院に伝わります。

　私は昔の手術の後遺症で腸閉塞が起きやすく、そうなると大きな病院で処置を受けなければなりません。前は手術した病院まで、タクシーに一時間近く痛みをこらえながら乗って行っていました。近所にかかりつけ医を持ってから、「腸閉塞がまた起きかけているかも」と思ったとき、まずクリニックへ行くと「とりあえず診断をつけちゃいましょう」とレントゲンを撮って、クリニックの前まで救急車を呼んでくれました。搬送先の病院へも、「今からこういう患者さんが行きます」と先生自ら電話してくれて。自分で救急車を呼んだこともありますが、既往歴や手術のことを救急隊員に説明し、受け入れ可能な病院を探してもらうのに、たいへんだったし、時間もかかりました。かかりつけ医を通すと、こんなにスムーズなのかと驚きでした。

大病院へかかる際も、頼りになるのです。

＊市販の薬よりも、治りが早い
＊いざというときの練習になる
＊大病院をスムーズに受診できる

＊＊＊

人間ドックもカスタマイズ

ある程度の年齢になると、人間ドックを受けなければという気になるものです。私もそうで、どこで受けようかと探しはじめて、大きい病院の人間ドックを調べたら「二十何万円もするのか」と驚きました。受診にはつながりませんでしたが、どういう検査をするのかが一覧表になっていたので、とりあえずそれをプリントアウトして、他の病院のホームページも見て、なんとなく比較していました。人間ドックに力を入れている病院には、検査の画像を複数の医師がチェックすることをうたっているところもあり、迷います。

よく行く漢方クリニックで医師に聞いてみました。人間ドックを受けようと思っているのだけど、どこがいいのかわからないと。その先生は、調子が悪いときにそのつど、かかりつけ医のところで検査を受けているとのことです。胃が痛いときに胃カメラで検査をしてもらったり、咳が続くとき肺のレントゲンを撮ってもらったり。症状のあるときだと保険が利くので安くすむ。でも、たびたび行くのは面倒で、人間ドックのように一日ですませたいのならば、かかりつけ医のところで、そこにある機械でできるかどうか聞いてみたらと言われました。

その漢方の先生も大病院での勤務経験があって、人間ドックは基本的に症状のない人が受けに来るから、検査を見る人もつい「異常はそうそうないもの」という目になりがちと、聞いたことがあるそうです。それよりは、かかりつけ医のところで、この人はよく胃が重いと言って来るなどと、弱点をわかってくれている先生のもとで検査することを、自分は選ぶと。人間ドックは大病院でするもの、と私は思い込んでいたので、近くのクリニックでもできるかも、というのが意外でした。

かかりつけのクリニックに相談に行きました。大病院の人間ドックの検査項目一覧表を見せて、「人間ドックのような検査を受けて健康管理していきたいのですが、先生のところではどれができますか」と訊《たず》ねました。すると、だいたいできることがわ

＊＊＊

かったので、そこで受けることにしました。
私がしているのは、胸部レントゲン、腹部エコー（超音波で肝臓やすい臓、胆嚢《たんのう》などを見る検査）、心電図、胃カメラ、大腸カメラ。ＣＴはそのクリニックでは撮れませんが、大病院の人間ドックの基本コースに入っているものは、たぶんカバーできています。血液検査もクリニックで血液を採取して、専門機関に送ると一週間で分析結果が戻ってくる。町のクリニックでほぼできるとわかりました。

遠くまで行かなくてすむし、待ち時間もほとんどなくて、すごく楽。大病院では検査ごとに担当者が変わりますが、クリニックでは同じ先生と顔なじみの看護師さんです。コミュニケーションはおのずと密になります。胃カメラの前に、胃の中の泡を消す薬を飲むときも「これ苦いですよね」とか、ちょっとした声かけがあって、安心できる雰囲気の中で検査を受けられます。

「胃カメラは毎年で、大腸カメラは二、三年にいっぺんにしましょうか」などの融通も利きます。肝臓、胆嚢、すい臓を見る超音波では「知り合いにすい臓がんになった人がいて、私もなんだか心配になりました」と言って、念入りに見てもらったり、心電図では「最近ときどき、脈がとぶような感じがあるんです」などと話したり。気になることを伝えながら受けられるのがすごくいいです。「通りいっぺんで、あんまりよく見てくれなかったのでは」と後で思うことがありません。

人間ドックに関しては、あまりあっちこっちと「お試し受診」せず、ひとつのところで結果を積み重ねていくのが大切です。そうすると先生も「この数値がずっと安定していたけど、今年はちょっと増えましたね」とか「こちらの数値は今年の血液検査で高めという注意は出ているけれども、それまでもずっと高かったから体質的なものですね」とかいうふうに見てくれる。私の特徴をつかんだ上で推移に注目してくれるのです。今のところこのスタイルが、私には安心感があります。

＊人間ドック一般の検査項目を調べて相談
＊気になることを伝えながら受ける
＊ひとつの医療機関で、推移を見ていく

＊＊＊

女性クリニックで婦人科検診

女性特有の病気の検診は、人間ドックとは別のところで受けています。女性向けのクリニックで、婦人科と乳がん検診の両方をいっしょに受けることができるのです。

経済的な負担が少なくてすむのは、自治体の子宮がん検診と乳がん検診ですが、いろいろな事情で、毎回違う日に、しかも平日の昼間なんて受診できないという人は、そうした女性の便宜をはかっているクリニックに行くのをおすすめします。時間が合わないことを理由に検診をしないでいて、早期発見のタイミングを逃してしまうのが、いちばん残念なことですから。

今は「NPO法人　女性医療ネットワーク」というものがあり、ホームページを調べると、クリニックを探すことができます。(http://cnet.gr.jp/)

女性特有の病気といっても、やはりいろいろな検査項目があります。

私が年に一回受けているのは、経膣エコーという、膣から超音波で子宮と卵巣の状態を調べる検査。必要に応じて、子宮の細胞をとって調べる検査や内診も。乳房については視触診のほか、マンモグラフィと超音波の両方を受けています。費用は全部で、四万円を切るくらいです。

マンモグラフィは、乳腺が発達している若い世代はがんが映りづらいとかいわれますが、乳腺が密かどうかは人によっても違うそうです。クリニックでは必ずしも年代で区切らず、その人に合わせた提案をしてくれます。

年代別の基本コースのようなものもあります。若い人向けにはその世代に多い性感染症の検査、子宮頸《けい》がんの原因になるウイルスの検査、更年期世代にはその頃から多くなる子宮体がんの検査が組み込んであり、結婚前や妊娠前にトータルチェックのできるメニューも。年代別、ライフスタイル別でおすすめのコースがあって、その中から自分で選んだり、先生から「これをプラスしておきましょうか」という助言があったり。

＊＊＊

所見に基づいての提案もあります。先ほど述べた細胞診も、予約では超音波だけだったけれど、超音波で見えた形からして「念のためとって調べておきましょう」とその場で追加したり。私から申し出て、骨密度を調べてもらったこともあります。そのときの状況や希望で自由にカスタマイズしてくれる。基本コースにオプションとしてつけられる、いわば単品メニューがあるのです。

私は近くのかかりつけ医と女性クリニックとの、いわば二本立てですが、女性特有の病気以外の、心電図や胸部レントゲンといった内科の検査も一度ですませたいという人には、総合的なコースも用意されています。

一本立てか二本立てか、自分に合った方法で利用しましょう。

＊時間がとれないことを理由にしない
＊女性の受診しやすい医療機関は調べられる
＊年代別の基本の検査にオプションを追加

ホルモン補充療法の恩恵

妊娠出産をしなかった私は、婦人科にかかる機会がなかなかありませんでした。婦人科は縁遠いものと思っていたところ、たまたま仕事で女性クリニックの先生と対談の機会があったのです。

ホルモン補充療法というものをその先生はすすめていました。女性は閉経前からホルモンの量が変わってきて、さまざまな不調が出てくる。いわゆる更年期症状です。それを緩和することはもちろんのこと、老後の介護リスクを下げることにもつながると。

女性ホルモンが少なくなると骨密度が下がり、骨粗鬆症《こつそしょうしょう》になりやすいといわれています。そこで、女性ホルモンを補うことで骨粗鬆症を予防し、骨折から寝たきりになって介護というリスクを下げるというのがひとつ。そしてもうひとつ、認知症のリスクも下げることが期待されていると聞きました。

認知症は、女性は男性の一・五倍多いそうです。女性が男性よりも長生きだからというのはすぐに考えつきますが、女性ホルモンが途中で減ることも関係しているといいます。女性の認知症は急激なカーブで増えるけれど、ホルモン補充療法をしている女性は、男性並みのゆるやかなカーブにまで落とすことができる、とその先生。認知症のリスクを下げるという可能性にはとてもひかれて、私も更年期にさしかかっていたので、やってみようと。

クリニックでホルモンの値を測りました。これがスタートです。確かに減っているので「これで補いましょう」と飲み薬を、先生が処方してくれました。保険が利いて、だいたい三か月分で千数百円という感じ。経済的負担は少ないです。

認知症が現れるには早い年齢なので、実際にリスクを下げているかどうかはわかりませんが、目に見えて変わったのは乾燥が改善されたこと。更年期症状でよく聞くホットフラッシュなどはあまりなかったけれど、ホルモン補充療法をはじめる前は相当、皮膚が乾燥していたなと。セーターやTシャツの脱ぎ着で生地が顔に当たるだけでも、痛いような感じだったのが、そんなことはなくなりました。

乾燥が和らいで、気のせいか顔の法令《ほうれい》線も、ホルモン補充療法をはじめる前の方が深かったような。不謹慎な表現ですが「これって飲む美容液だな」と思います。美容の目的は全然なかったのですが、肌の状態ははからずも改善されている気がします。

将来的な効果は未知数ですが、現在にとっての恩恵は、婦人科に通う習慣ができたこと。ホルモン補充療法では三か月に一度お薬をもらうのですが、すると、年に一回は検査をしましょうという流れになり、婦人科と乳腺外科の検診を欠かさず受けるようになりました。ひと頃ホルモン補充療法は乳がんのリスクを上げるといわれ、いろいろな説があるようですが、少なくとも検診を定期的に受ける習慣ができると、早期発見ができます。私はむしろそちらの方の恩恵を感じています。

＊婦人科でホルモン値を測ってみよう
＊介護リスクを下げる可能性も
＊検診を定期的に受ける習慣がつく

＊＊＊

歯と認知症のつながり

かかりつけ医を決めてよかったと思うのは、歯科も同様です。歯って、昔詰めた虫歯の詰めものがとれるとほんとうに憂鬱《ゆううつ》。私も、いざ詰めものがとれてどうしようとなって、内科のかかりつけ医を探したときと同様に、近くの歯科を調べることからはじめて、ようやく探し当てました。

加齢とともに気をつけなくてはならないのが歯周病です。大人になってから歯を失う原因は、虫歯よりもむしろ歯周病だと聞きました。

歯周病を防ぐためには、歯茎を清潔に保たないと。歯と歯茎の間に汚れが残ると、歯周病を引き起こすそうです。歯磨きのときブラシの先でかき出すようにはしていますが、自分だけではとりきれない汚れが残ります。

詰めもののとれた歯の治療を終えた後も、三、四か月に一度の割で定期的に通い、歯のクリーニングをしてもらっています。歯医者さんでのクリーニングをオフィスクリーニング、日頃の歯磨きをホームクリーニングというらしく、両方を行っていくことで歯周病から歯を守れるようです。

歯の健康に力を入れるようになったのは、これもやはり介護予防という気持ちから。いろいろな本や記事で、残っている歯の本数と認知症になるリスクとが関係すると読みました。統計的に、自分の歯が多く残っている方が認知症になることが少ないとか。詳しい仕組みはわかりませんが、自分の歯でしっかり噛むことがだいじらしいと感じました。

歯の健康に関し、こういうこともあるのかと驚いたのは、白板症《はくばんしょう》という病気を、かかりつけの歯科で見つけてもらったことです。いわゆる前がん病変で、放っておくとがんになるかもしれないし、ならないかもしれないもの。痛くもかゆくもないので、自分ではまったく気づきませんでしたが、いつものクリーニングに行ったとき、上あごの皮が部分的に白いことを指摘されて、念のために調べておいた方がいいと、大学

＊＊＊

の付属病院を紹介されました。細胞をとって検査したところ、白板症ではあるけれど、まだ程度が三段階のうちの二なので、このまま経過観察で何も起きなければ放っておいてもいいし、もっと進んだら、そこだけ切除することも考えましょうと。

がんには割と気をつけて、内科、婦人科と検査を受けていたけれど、口の中のがんまでは考えが及びませんでした。そういう病気があるとは知らなかったし、自覚症状がまったくなくても起きるものだなと思いました。

歯医者に定期的に通っていたからこそ、わかったことです。専門家の目にときどきふれることの恩恵を、改めて感じました。

＊歯科のかかりつけ医も持とう
＊定期的なクリーニングで歯と脳をすこやかに
＊病気の発見にもつながる

舌のクセにご用心

自分の体の中で骨と歯ほど硬いものはないように思っていました。ところが、驚き！　歯医者さんで聞くと、実は歯はよく動くものらしいです。

私はあるときから前歯の間が開いてきたことに気がつきました。年齢とともに歯茎が弱ってきたから前歯の間が開いてきたのかなと思って、歯医者さんに相談しました。すると、もちろん歯茎は弱くなるけれども、前歯の間が開いたのは、加齢の影響ではなくて、むしろ生活習慣の蓄積によるものだと。

たとえば、何かをするときに力を入れて、舌を前歯に押しつけていませんかと言われました。無意識に舌を押しつけていると、その力によって前歯の間が広げられてきてしまうから、まず舌の位置に気をつけるようにと。舌には正しい位置というのがあって、上あごの少し奥まったところへ舌の先を当てておくのだそうです。

それでも気になる場合に、歯の矯正はできるのかと聞いたら、もちろん矯正はいくつになってからでもできる、でも、矯正のワイヤーで引っ張る力よりも、クセによって常にかかっている力の方がずっと大きいとのこと。矯正で歯の間を狭めたとしても、習慣が同じままだったらそれは一時的に終わって、また元に戻るだけ。習慣を改める方が結局は早道だし、確かですと言われました。

私が驚いたのは、自分の舌のクセごときで歯並びが変わること。舌と同様に、噛みしめとか食いしばりとかも、歯への影響は大きいそうです。特に寝ている間は力がコントロールできないので、体重の数倍もの力が歯にかかることがあると聞きました。食いしばりで歯が割れてしまうこともあると。

私も寝ている間にかなりの力がかかっているようだと歯医者さんに言われました。歯の内側にある骨が隆起してきているのは食いしばりのためだと。強い力がかかり続けると歯を傷めるし、歯並びもそれによって変わると聞き、「ナイトガード」という寝るときだけつけるマウスピースのようなものを作ってもらいました。上の歯だけにかぶせて装着するもので、ラグビーなどのスポーツ選手がしているマウスピースよりずっと薄く、色は透明です。家族のいる人でも、つけることはあまり気にならないかもしれません。弾力のある樹脂でできていて、噛みしめでかかる力を分散するとのこと。しばらくして受診すると、歯のすり減りも少なくなったと言われました。

その体験から、自分でも知らないうちに歯ぎしりや噛みしめ、舌のクセで歯に負担がかかっていることがよくわかりました。大人になってからも、そんなに歯が動くというのも驚きでした。矯正は子どものうちと、かつては聞いていたもので。

年をとってからも歯の健康を守り、ひいては介護リスクを下げるためにできそうなことはいろいろあると、歯医者さんに通うようになって、思いました。

＊舌のクセで歯並びが変わる
＊噛みしめや歯ぎしりも負担になる
＊マウスピースで守ることができる

＊＊＊

漢方薬との付き合い方

漢方薬は、日本人には割と身近なものでしょう。

たとえば風邪の引きかけに葛根湯《かっこんとう》とは、よく知られています。ドラッグストアに売っているし、最近では町のクリニックでも、大きな病院でも、漢方薬を処方されることが多くなりました。不調のときに、そうした評価の定まった漢方薬を取り入れていくのもひとつの手です。

漢方薬は食事に近いものという印象があります。風邪のときにネギの湿布をするとか、寒いときに生姜《しょうが》で体を温めるとか、昔から「おばあちゃんの知恵」といわれるものと似ています。漢方薬の原料も、葛根は文字どおり葛の根ですし、山薬《さんやく》と呼ばれるのは山芋。ナツメの実もよく使われますね。私たちが食品としてなじんでいるものからエキスを取り出して作られている。そう思うとより身近に感じられます。

市販のものよりもう少し踏み込んで、自分に合ったものを求めたい人には、町に「○○堂」などの看板が出ている漢方の薬局を訪ねる手があります。そこでは、風邪の引きかけには葛根湯といった一般的な出し方にとどまらず、漢方の勉強をした専門家が一人ひとりの体質、あるいは症状の特徴をつかんで「あなたの今の症状にはこの薬」と、まさしくカスタマイズした処方をしてくれるそうです。オーダーメイド医療という言葉を最近よく聞きますが、漢方はその先がけといえるかもしれません。

体質や症状の特徴などからつかむ状態を「証《しょう》」といい、「証」に合わせた薬が出されます。風邪でも人によってもらう薬が違う、ということがあります。「同病異治」というそうです。漢方ではこの「証」を見るのが、とてもだいじだということです。

私は漢方にも詳しい医師のクリニックに行っています。「証」の勉強もした先生です。そこでは「未病を防ぐ」というのでしょうか、疲れたときや風邪かなと思ったときに飲む漢方ももらっています。結膜下出血のところで書いたように、私は社交が弱点と知りました。大勢の人と過ごすと、その最中は楽しくても後でぐったりします。

＊＊＊

そういうときに飲むと、楽になる感じです。寝つきをよくする薬ももらっています。

弱点を知ってコントロールすることにつなげていきたいと前述しましたが、コントロールの方法のひとつとして、飲むと楽になるとか、不調が進むのを防げるという漢方を持っていると、心強いです。

ありがちなのは「漢方なら副作用がなく安全」という誤解です。「西洋医学の薬は副作用がこわいけど、漢方はそれがないから」と思い込んで付き合うと危険です。食品と似ていると先に書きましたが、食品にも毒があるように、漢方にも毒があります。食品で、とりすぎるとよくないこと、または食べ合わせによっては害の出ることがありますが、同様のことが漢方にもあります。

「自然のものだから安全」という考え方は、漆にかぶれて重篤な症状が出る人がいることを思い出しても、間違いだとわかります。漢方と付き合うとき、心しておきたいです。

人に処方された漢方薬をもらって飲むのもおすすめできません。「証」に合わない薬を飲むと、効果がないか、かえって症状を悪化させることもあるそうです。

＊＊＊

そうした危険も心得た上で、うまく取り入れ、未病の予防に役立てていきたいと思います。

＊漢方薬局や漢方クリニックで「証」に合った薬を
＊弱点を補い、未病を防ぐ
＊「副作用がない」は危険な思い込み

＊＊＊

お薬手帳を持とう

お薬手帳を、寝るときはいつもそばに置いています。ベッドについている引き出しに、緊急のときに行く大きな病院の診察券といっしょに入れて。

東日本大震災の後に、少なからぬ医師や薬剤師から聞きました。医療関係者がお薬手帳を見ると、緊急で運ばれてきた患者さんでもどんな既往症があり、どんな治療をしてきたのかが、だいたいわかるのだそうです。

大きな災害になると、自分が通っていた病院に行けないこともあるし、通信システムが破壊されて、元の病院に照会することもできないかもしれない、あるいは、通院していた病院が被災し、コンピュータも破損して、自分のデータそのものが取り出せないかもしれない。そういうとき、あの紙のお薬手帳は、たいへんなバックアップ機能を持つそうです。今後地震の起こる可能性が高いといわれる静岡県でも、「地震災害　お薬手帳があなたを守る！」として、所持を奨励していました。

私はひと頃医療フォーラムなどで、病院に行くときには「健康保険証と診察券に加えて、メモをとるための筆記用具を必ず持ちましょう」という啓発活動をしていました。メモをとるだいじさを、特に伝えたかったからです。あるとき、講演の終わった後、被災地から参加していた薬剤師さんが来て「あれにもうひとつお薬手帳を足してください」。ほんとうにそうだなと、不明を恥じました。

お薬手帳が身を守るのは、災害時だけではありません。飲み合わせに注意の必要な薬や自分に合わない薬を知っておくためにも大切です。脱水症状のところで、薬の副作用から胃潰瘍になったことを書きました。のどの炎症のために出た薬ですが、お薬手帳があれば、「あのとき何という薬が出て、それで胃を悪くしたんだったな」と後からもわかります。

その後、脱水症状になり、別のところで点滴をしてもらったわけですが、「どこでどんな薬が出て、どんな処置をしたか」を全部、自分の口で正確に言うのはたいへん

＊＊＊

ですが、お薬手帳と医療費の明細書を見せたら、話がとても早かったです。ただでさえ具合の悪いときに、自分で整理して把握したり、説明したりする負担を減らしてくれました。お薬手帳だけでもかなり伝わりますが、複数の病院に続けて行くときは、医療費の明細書もいっしょに持っていくのをおすすめします。院内でした点滴などは、お薬手帳には記載がありませんが、明細書でわかります。

お薬手帳と、救急外来のある病院にかかったことがあるなら、そこの診察券、休日夜間診療所一覧表をセットにし、寝室に置いておくと安心です。私は財布などを入れたバッグインバッグと、スマホの充電器もベッドの近くに置き、いざとなったらそれらを持って出かけられるようにしています。

*お薬手帳は、災害時の味方
*自分の代わりに情報を伝えてくれる
*寝室に、いざというときの持ち出しセットを

＊＊＊

冷え対策の勘どころ

冷えは気になる問題です。女性で冷えに悩まない人っているのだろうかと思います。加齢により基礎代謝が下がってくれば、なおさらでしょう。

最近感じているのは、足と胴体を温めるとかなり効くということです。

以前は冷え対策でも「勘どころ」のようなものがわからずに、むやみに厚着をしていました。でも、たとえば薄手の防寒シャツの下にタンクトップを重ね着すると、厚手の防寒シャツ一枚よりも暖かいことに気づきました。厚手の防寒シャツは着心地に結構影響し、特にジャケットのときは袖がきつくなります。そういうとき薄手の防寒シャツ一枚で、胴だけタンクトップとの二枚重ねにすると、肩こりも少なく快適です。

若い頃に北京に留学したとき、現地の人に日本人の防寒の仕方は間違っていると言われました。確かに、当時の中国はまだ貧しくてみんながウールを着られたわけではありません。でも綿のものをたくさん重ねて防寒していました。空気の層をつくって保温するのです。

　上半身ばかり厚着をしても、下半身が薄着ではスースーします。特に腿《もも》の前や足首を冷やしてはいけないとよく言われます。それらを温めると逆に上半身は割合軽快に過ごせるものです。

　私は冬、ウールのパンツでもそれ一枚ということはなく、下半身もやはり重ね着します。コーデュロイは綿ですが、そのパンツでも下に機能性繊維のレギンスをはくと、それほど寒さを感じません。夏でもいわゆる「生足」でいることはなく、ワンピースのときは綿のレギンスにソックス。足首をいかに出さないかを工夫します。改まった場所では、レギンスはきづらいですが、そのときには真夏でも二〇デニールのストッキング。肌の透けるくらい薄いストッキングは、冷房の中では寒くて無理です。

　温める「勘どころ」がつかめたせいか、以前は冬になると袖が何枚も重なっていた私ですが、先日はなんとノースリーブのワンピースが着られました。改まった場所での会合です。そういう場所は、夏は冷房が効いているように、冬は暖房がされています。機能性下着のタンクトップと、腿前まで隠れるロングタンクトップを重ねた上に、厚い化繊のノースリーブワンピース。行き帰りは、それにウールカーディガンとダウンコートでだいじょうぶでした。もちろん足は、一六〇デニールの超厚手タイツ。「勘どころ」を押さえると、ファッションの幅は広がりそうです。

タンクトップで胴体を重ね着してわかったのは、「冷えってかなり背中から来るのだな」ということ。ドラマに出てくる昔のおばあさんが、家の中でも首にぐるぐる何かを巻いたりチョッキみたいなのを着ていたのは、理にかなっていたと知りました。私も家で袖を動きやすくしておきたいときは、薄手のダウンベストを着ています。

*足と胴体は、特に保温する
*重ね着で空気の層をつくる
*ファッションの幅が広がる

＊＊＊

暖かく眠るために

寝るときに、寒くてなかなか眠れないという人は周囲に少なくありません。原因はさまざまでしょう。住まいそのものが暖かくないとか、手足が冷えていて布団に入っても温まってこないとか。

寝るときに暖かくするというと、上に掛けることをまず考えがちですが、下から熱が逃げない方が実はだいじと聞きました。畳の上にそのまま布団を敷いているなら、断熱効果のあるアルミシートを布団の下に入れるといった工夫は、おすすめだそうです。ホームセンターや家電量販店で売っています。

私はベッドを使用していますが、ベッドマットの上にじかにシーツを敷かないで、保温保湿性のあるベッドパッドを入れて、下からの冷えを防いでいました。今は自宅のリフォームで部屋そのものが暖かくなりましたが、それでもベッドパッドのある方が、布団の中も早く温まる感じです。

　意外と間違っているのが、羽毛布団と毛布の順番です。毛布は羽毛布団の上に掛ける方が効果的と、何かで読みました。羽毛布団の中で暖まった空気が上から逃げないように、毛布でフタをするのだそうです。私はそれまで毛布を下にしていたので、試しに逆にしたら、全然違いました。

　宣伝めいてしまいますが、おすすめせずにいられないのが、先にも述べたモイスケアという繊維を使った敷きパッドと掛け布団です。人が寝ている間に出す湿気を熱に変える機能を持つそうで、私が試したうち最強の暖かさを得られる組み合わせは、上はモイスケアと羽毛布団、毛布の三枚掛け、下はモイスケアの敷きパッドというもの。三枚掛けでもそれぞれが軽いので、湿気をためないようにすれば、重さは出ません。

　年を重ねると服であれ何であれ、重いものがつらくなってきます。むやみに重ね掛けするよりも、機能性繊維の寝具を用いたり、同じものでも寝具を重ねる順番を変えたりといった工夫で、暖をとりたいものです。

＊＊＊

寝具以外の「小道具」による工夫は、人に聞くとさまざま。布団に入った瞬間のひんやり感が嫌で、寝る前にヘアドライヤーを全体的にあてるという人。犬と寝るという人。私は電子レンジで温めるタイプの湯たんぽを用いています。寝る少し前に布団の中に入れると、歯磨き洗顔の終わる頃にはいい感じで温まっているので、後はそれを低温やけどに気をつけながらなんとなくそばに置き、布団の中が温まってきたら出すというふうにしています。

リフォームをする前は、布団の中は暖かくても、夜中に起きてトイレに行くとき、廊下とトイレがほんとうに寒かった。急激な温度差は、体にとって危険と聞きます。寝具内のみならず、寝具の外も寒くないようにできれば、それに越したことはありません。

＊断熱シートや敷きパッドで、下からの冷えを防ぐ

＊掛ける順番により、重さを増やさずに暖かく

＊寝具の外との温度差に注意する

運動で寝つきをよくする

寝具の環境を整えても、なかなか寝つけないことはあるでしょう。

私にもあり、それはなんらかの理由で頭が冴《さ》えているときです。仕事のほか、先述の社交、すなわち初対面の人や大勢の人と会った後など、興奮と緊張が続いていて、おそらく交感神経優位になっているのだと思います。

リラックスする方法は、ハーブティーを飲むとか、好きな音楽を聴くとか、皆さんそれぞれお持ちでしょうが、私にとっては運動です。

遅い時間の運動は、睡眠にはかえって逆効果と聞くので、迷うところではあるのですが、九時二十分はじまりのジムのレッスンに出ることがあります。一時間ほど運動し、ジムでお風呂もすませて帰ると、私の場合はすとんと寝られる。大きな湯ぶねにつかる、リラックス効果もあるかもしれません。

そこまでまとまった時間がとれないときは、家の中でストレッチ。寝る直前のストレッチは心身をリラックスさせ、睡眠にはよいといわれます。

それでもどうしても眠れないときがあります。翌朝早く起きなければいけないと気になってかえって寝つけず、そういうときは漢方を飲みますが、できれば薬に頼らずに、運動で眠りへ導きたいと思っています。

運動については、体がほどよく疲れるだけでなく、頭の中をいったん白紙に戻すというか、リセットする効果があるようです。運動する前は「これをしなければ、あれもしなければ」と頭がいっぱいでも、運動の最中には考えていられません。私はウォーキングだとつい考えごとの続きをしてしまうので、ジムでインストラクターや周囲の人の動きに必死でついていく運動の方が、リセット効果を感じます。

バランスクッションを使った運動もおすすめ。弾力のあるクッションで、乗って片足立ちをしたり、スクワットをしたり。自宅で半畳ほどのスペースでできます。

こちらもウォーキングよりリセット効果を感じます。不安定なものの上で片足立ちやスクワットをしながら考えごとが頭をよぎると、とたんにバランスが崩れるので、おのずと無心になれるのです。

体を動かす機会が少なく、端末を操作することの多い現代人は、結膜下出血のところでも出た言葉ですが、どうしても「上実下虚」になりがちだと思います。下半身で必要な気が上半身に行ってしまって過剰になっている状態で、のぼせ、頭痛、肩こり、腰痛、足の冷えなどを引き起こすそう。眠りにいいといわれる「頭寒足熱」とは逆の「頭熱足寒」ともいえるでしょうか。

バランスクッションに乗ると、上半身に力が入っていることに気づき、自分の「上実下虚」ぶりがわかります。そのままではバランスがとれないので、肩や背中の力を抜くようになります。時間のないときのリセット法です。

＊ほどよい疲れで深い眠りを
＊寝る直前ならストレッチ
＊バランスクッションで頭をリセット

＊＊＊

第四章

＊＊＊＊＊

エイジングに負けない体づくり

自立して生きるための筋トレ

加齢に従って、体が昔より衰えてくるのは当然ですが、それでもなるべく長い間自立して暮らせる、そういう体づくりができればと思っています。

父親の介護をしていたとき、自立した暮らしを保つには、トイレに自分で行けるかどうかが大きな分かれ目となると感じました。たとえ室内で車椅子で過ごすようになっても、車椅子でトイレまで行き、一瞬でも車椅子から体を浮かしてトイレの便座に移れたら、紙オムツに排泄せずにすみます。何かにつかまりながらほんのわずかな間でいい、自分の体重を自分の足で支えられれば、生活の質が変わる。支えられる筋肉がだいじだなと。

以前に対談したファイナンシャル・プランナーの方が、「年をとったら腿と歯がだいじ」と言っていました。「腿」はすなわちトイレに立てる筋肉と解釈しています。お金の専門家である人からも、老後のためにいくら貯金するかにまさるほどだいじと聞いて、筋肉を鍛えなければという意識をより強く持ちました。

特に女性は閉経により、骨の強化を助ける女性ホルモンが少なくなるので、どうしても骨が衰え骨粗鬆症のリスクが上がります。骨そのものももちろん鍛えたいけれども、骨をカバーしてくれる筋肉を鍛えることで、骨が弱くなるのを補ってくれるかなという期待もあるのです。骨折がきっかけに寝たきりになるというのはこわい。骨折を防ぐには、とっさのときに筋肉のバネで体をかわして転倒を避けられれば。そんなことも考えて筋肉に着目しました。

介護の前から運動不足は感じており、ジムに入会していました。三十代から会員になってはいたのに、ジムに行くのはどうかすると月に一回とか。もったいないからと退会し、これではいけないと思い直し、入会退会を繰り返していたのです。

四十歳でがんになった後に、歩くのがいいと聞きました。直接がんを治すわけではないけれども、歩くことで良い気を取り込んで、免疫の活性化につながると聞いて、前よりはジムに通いマシーンで歩くようになりました。月に二、三回とか。

　介護がはじまってからも、最初のうちは父親の好きな相撲や歌舞伎の番組の時間、テレビの前に座っていてもらい、私はその間ジムへ抜け出して、小一時間運動してくるなどしていました。でもだんだんと目が離せない状況になり、他方で筋肉のだいじさをひしひしと感じてくる。そんな中でなんとか効率的に運動できないかと思い、出会ったのが加圧トレーニングでした。週一回三十分の運動で、週三回ジムに行くのと同等かそれ以上の効果が得られると聞いたのです。

　加圧トレーニングでは、専用のベルトを腕の付け根や脚の付け根に巻いて筋トレをします。詳しい仕組みはわかりませんが、そうした方法で血流を抑制しながら運動することによって、成長ホルモンが通常の二百何十倍出るとか。医療現場でリハビリにも取り入れられているそうです。専門の教育を受けたトレーナーがベルトを巻いてくれて、圧を測った上で、決まった時間の中で体を動かします。

　そこでする運動は、ほんとうにゆっくりとした動きで、スクワットをしたり、ごく軽いダンベルを持って腕の曲げ伸ばしをしたり。全然きつそうに見えないのですが、

＊＊＊

やってみると、息が上がる運動ではないけれど、すごくつらい。血圧を測るときベルトが腕を締め付けてしびれたようになりますが、あれに近い状態でダンベルを持ち上げると、小型のペットボトル一本ほどの重さしかなくても、腕がちぎれそうな感じです。

それでも週一回三十分だけで、二の腕などあきらかに筋肉がついてきました。問題はパーソナルトレーニングなので料金が高めなこと。一回三十分で私のところは六千円＋税、ネットで探しても三千円くらいするようです。父親を介護している間は、せっぱ詰まっていたので週一回通いましたが、今は月二回にしました。

介護とかお勤めとかお子さんがいらっしゃるとかで、自分のための時間がなかなかとれない人にはおすすめです。

＊生活の自立に影響する腿の筋肉
＊骨の衰えを補い、転倒から身を守る
＊時間がとれなければ「加圧トレーニング」もある

自宅でできる エクササイズ

自宅に置いてあるのがストレッチポールとバランスクッションです。

ストレッチポールは、皆さんジムなどでご覧になっているでしょう。直径十五センチぐらいで、長さは一メートルほどの円柱のもの。

それを使うと頑張らないでストレッチができます。ストレッチポールの上に仰向けに寝て両手を広げるだけで、ストレッチポールの直径が高さになって、腕の重みに引っ張られて肩が下がる。何も努力しなくても、胸の筋が伸びるのです。そのままの姿勢で頭をどちらかへずらせば重みで垂れて、反対側の肩や首の筋が伸びます。

私たちはふだんどうしても肩が前にいきがちで、首はこる一方。パソコンの操作も家事も前かがみになって力が入るし、スマホをするにもずっと下を見ているし。人間関係で緊張感があると、やはり首、肩、背中までバリバリに。一日の終わりにストレッチポールに仰向けになり、両腕を真横へ下ろして首をどちらかに傾けるだけで、伸びを感じて気持ちがいいです。

さらには、ストレッチポールに乗ると自分の背骨の歪《ゆが》みもわかります。まっすぐに乗りづらいなとか、まるで波打っているように出たり入ったりしているなとか気づいて、元に戻そうとする意識が生まれます。歪みの調整機能です。

マッサージ器具代わりにもなります。ジムにもストレッチポールはありますが、見ているとたとえばふくらはぎをストレッチポールに乗せて転がし、こりをほぐすのに役立てているようです。

バランスクッションは、その名のとおり大きめのクッションくらいのサイズの四角いマットで、素材にとても弾力があり、その上に立つとたいへん不安定。不安定なところに乗って立っているだけで、体幹が鍛えられるそうです。

私がよくするのは、バランスクッションの上に片足立ちをしてぐらつくのをこらえるというもの。両足立ちより鍛えられます。さらにしっかりやりたいときはそのクッションの上で腿上げをしたり、スクワットをしたりします。かなりグラグラするので体幹も使うし、ふつうのスクワットや腿上げより負荷がかかる感じです。

この二つのよさは、コンパクトで手軽なこと。健康器具は結構場所をとるものです。重たいし、音もする。家族がいたり集合住宅だったりすると、夜に使うのがためらわれそうです。するとなかなか出番がないままに。この二つはそうした気づかいはないし、じゃまにならないしで、運動習慣が身近になると思います。

＊頑張らずに筋を伸ばして歪みを調整
＊立っているだけで体幹強化
＊手軽な運動器具だと続けられる

＊＊＊

ながらトレーニングは
ほどほどに

すぐに使わなくなってしまった健康器具に、ウエイトベルトがあります。重さが三百グラムとか一キロとかあるベルトを足首に巻くので、歩くたびに鍛えられるかと思って買ったのですが、続きませんでした。歩くにつれ動き、重みのあるものですからすれて痛いのです。着けたまま駅の階段などをのぼると、一足ごとに後ろへ引っ張られる感じで、腰も痛くなりました。常に負荷のかかった状態はやはり不自然。効き目があったという人もいて、一概には言えませんが、私には合わなかったようです。

ものの本によく、買い物をして重いレジ袋を下げて帰るとき、腕を曲げ伸ばしすれば二の腕が鍛えられるとかありますが、それで筋を痛めてしまったとか「買ってきた卵が割れてしまった」とかいう話も聞きます。都市に住んでいると地下鉄の駅なんて乗り継ぎの際かなりの距離を歩くし、階段も多い。「スポーツジムに行く時間がないと嘆いているけれども、街中こそトレーニングの絶好のチャンス」などとも言われるけれど、私は少々疑問です。

環境としては確かにそうかもしれません。でも、そのときの自分の靴や着ているものなど持ち物が運動向きでない。安定性やクッション性のない靴で、鞄の重みが不均等にかかったまま、階段の昇り降りに励むのもどうかなと。運動のための時間をほんとうにとれないならやむを得ない面もありますが、「ながらトレーニング」はほどほどがいいように思います。

それというのも、こんな経験があるからです。ふつうのブーツで割と長く歩いた日がありました。運動のためという意識はありませんでしたが、用事で移動が多く、必然的に長歩きに。結果、足を痛めて整形外科に行くはめになりました。

右足にちょっとでも体重がかかると痛いので、右足をつかずにケンケンで。骨にヒビでも入ったかと思いましたが、お医者さんは驚きもせず「長歩きしませんでした

＊＊＊

か」と。

足の裏の筋肉が炎症を起こしていました。足底筋膜炎《そくていきんまくえん》というそうです。「どんな靴を履いていましたか」と聞かれ、ふつうのブーツと答えると「それはだめです」と。加齢とともに足の裏のアーチ型は崩れてきます。クッション性があり、土踏まずの部分がふくらんでアーチ型を支えるような靴ならいいけれど「ふつうの靴で長歩きしても足を痛めるだけです」と。

歩くならウォーキングシューズやスポーツシューズなど、目的に適《かな》った足ごしらえが必要です。日頃から足に合った靴を履き、アーチ型の崩れをなるべく防ぐのもだいじとのことでした。

*常に負荷をかけるのが効果的とは限らない
*適した服装での運動がベター
*足のアーチ型を支える靴で

コンフォートシューズと低反発インソール

今、いわゆるふつうのパンプスは一足も持っていません。パンプスのように見えるけれど、実はコンフォートシューズというものばかり履いています。冠婚葬祭のときもそうです。

パンプスはかかとが独立していて、かかとと足の前の方の二か所が地面につくようになっています。一方、コンフォートシューズは、かかとの方を少し高くしてあるけれど、地面につくところは平らで全面でつくようになっているので、体重を足裏全体で支えられるのです。その違いが、私にとっていちばん大きい。

前は長歩きすると足裏の指の付け根の部分が、真っ赤になってズキズキと痛んだのが、コンフォートシューズにしてからなくなりました。

＊＊＊

コンフォートシューズは靴の中のつくりも、ふつうのパンプスと異なります。足の裏を支える面のクッション性が高かったり、土踏まずの部分にふくらみを設けてあったりして、足裏全体が靴の底からホールドされている感じです。体重がうまく分散できて、靴の中で足が前後せず、すれて痛むことはありません。

仕事で女性といっしょに移動するとき、パンプスやヒールの人は歩きたがらない傾向があるようです。徒歩十分のところでも「タクシーで帰りましょう」。自分もかつては靴トラブルを抱えていたので、足が痛いと歩くのが嫌になるのはわかりますが、早いうちからタクシー頼みになってしまうのは、費用面でも健康面でも心配です。

コンフォートシューズというと昔は、おしゃれでないイメージでした。かなりのご年配の婦人が履く、全体にぼってりした形でつま先も丸く、ひとことで言えばスマートでないものを想像するかと思うのですが、今は多様になっています。

私が愛用しているのも、つま先も全体もほっそり見えます。パッと見はパンプスですが、靴の通販サイトで「コンフォートシューズ」のカテゴリーの中で探しました。価格はセールだと六千円です。そのサイトはセール品でも返品できます。セール品でなければ、返品の際の送料もかかりません。家で試し履きができるのです。私も気になる靴があったら五足くらいまとめて送ってもらって、いろいろな時間帯に試します。足は朝と夜とでサイズ感が変わるともいうし。

エナメルふうのもの、前の部分にベルトのような飾りのついたものなど、デザインもさまざま。「痛くないのはいいけれど、おしゃれをあきらめるのは嫌」と思っている人には、ぜひ今のコンフォートシューズ事情を覗《のぞ》いてほしいです。

加えておすすめしたいのが、低反発素材のインソール。パンプスをコンフォートシューズにするだけで、履き心地は格段にアップしますが、さらにこれを足すと最強です。靴の底と自分の足の裏との間が埋まって、より安定するし、クッション性も高まります。

足の裏の形は一人ひとり違うので、履き心地よく設計されている靴でも、靴の底のどこかにどうしても隙間ができます。低反発素材だとその人の足の形に合わせて変形するため、靴の中が「自分仕様」になるのです。

仕事の関係などさまざまな事情で、パンプスを履かないといけない女性もいますが、その場合も低反発素材のインソールを一枚入れると、全然違います。これをすすめて、私は何人の女性に感謝されたことか。駅などにある靴の修理店でもドラッグストアでも売っています。「低反発」とうたっていないものもありますが、パッケージの外側から指で押さえてみて、好みの反発力や厚みのものを選んでください。ほんとうに快適で、歩くのを楽にしてくれます。

＊履き心地とおしゃれを両立できる
＊返品可能な通販サイトで試し履きを
＊インソールの追加で安定性が増す

ダンスレッスンで自己評価を上げる

スポーツの効用は、体力がつくのはもちろんのこと、心に自信をつける気がします。なんらかのトレーニングをしていることそのものが、ある意味での自信になるのです。

私の加圧トレーニングもそうで、そもそもの目的である介護予防にどれくらいの効果があるかは未知数ですが、それ以前に自己評価を上げる効果を感じます。以前に、スポーツジムの会員でありながら月一回くらいしか行けなかったときは、「運動不足で、お金ばかり無駄に引き落とされている私」という感じで、自己評価が低かった。加圧トレーニングだって、月にたった二回ですが、それでも「定期的に通っている、ヘルスコンシャスな私」みたいな気持ちになれます。自己満足ですが、それでも満足がないよりある方がいいです。

ただ、好きというより筋肉をつけるための、がまんのジム通いでした。ようやく出会えた「好き」と言える運動が、ダンスです。

筋トレにやや飽きていて何かないかと思っていたところへ、たまたまジムの館内放送で、これからなんとかのレッスンがはじまりますと聞き、たまには違う運動をしてみるかと。そばにいた係の人に、館内放送で言っていたのは何かと聞くと、「ズンバ」というダンス系のフィットネスだとのこと。「ダンスか……。向かなそう」と思いつつ、試しに出てみて、はまりました。

ラテン系の音楽に乗って体を動かすもので、かっこよく踊りたい人はそのように、体をしっかり使ってフィットネス寄りにしたい人はそのようにと、自分で選べます。一曲が三、四分。口頭での指示はなく、先生が踊るのに見よう見まねでついていく。六十分のレッスンの間に十数曲行います。それだけのことですが、実際にするとすごく楽しい。音楽に合わせて体を動かすってこんなに気持ちがいいのかと知りました。

義務で運動していたときは、週一回意志の力でジムへ行くのがやっとでしたが、今は時間と体力さえ許すならば週三回でも四回でも行きたいです。

私の行くのは夜か休日の夕方なので、若い人も来られる時間帯ですが、参加者は中高年がほとんどです。ダンス経験がなくても、とにかく見よう見まねで体を動かせばいいし、社交ダンスのような複雑なステップもありません。それでいてエアロビクスよりも運動量があるという印象です。エアロビクスのレッスンにも一度だけ出てみましたが、ステップは細かい割に、脇腹とかはあまり使わない印象。ズンバはステップは比較的単純ですが、脇腹などの大きな筋肉をはじめ全身の筋肉を結構使います。

私はサウナに入っても汗が出てくる前に息苦しくなり退散してしまい、汗をかきにくい人だと思っていました。髪の毛の先から汗の滴る自分に、五十を過ぎてはじめて出会えたのです。

*スポーツは自己評価を上げる
*「好き」と言える運動ならば苦にならない
*向かなそうだと思っても、まずは試そう

＊＊＊

ズンバで新しい世界の扉を開く

ズンバをはじめてから運動するときの肌の露出が増えました。ジムで筋トレやウォーキングをしているときは、半袖Ｔシャツに、学校の体育の授業ではいていたような厚手のジャージでした。ところがその格好でダンスに出たらもう暑くて暑くて、熱中症になるかと恐怖を覚えるくらい。

まず半袖のＴシャツをやめてタンクトップに。ジャージも暑いし裾がはためくのがじゃまで、薄手で丈が短めのカーゴパンツふうのものに。カーゴパンツふうのものにしたのは、脚のラインが出ることに抵抗があったからですが、やがてポケットとか紐とかがじゃまくさくなりレギンスに。

それでもまだ暑く、タンクトップに通気性を求めて、背中の開きが深いのにしたりメッシュ入りにしたり。すると下に着けるのも、見えてもよいものとされているスポーツブラに変えないといけません。

はじめは地味な色を探しました。ベージュは、見えると恥ずかしい方のふつうの下着と間違われるからグレーかなと。ですが、スポーツブラにグレーは意外となく、モノトーンに近いものを選ぶと、黒とかグレーの迷彩柄とか。ふつうの下着の感覚からすると、思い切り派手です。見ていると周囲も派手なので、地味に固執しているとかえって悪目立ちするみたい。郷に入れば郷に従え、です。

同じレッスンに参加している七十歳くらいとおぼしきご婦人も、だんだん大胆になっていきました。Ｔシャツだったのにタンクトップに、トレパンだったのがレギンスに。ヒップホップのダンサーがかぶるようなつばつき帽を、腰にはチェックのワークシャツを結びつけてと、ストリートっぽさも増して。

私も後についていこうと、レギンスは黒だったのが柄入りに。最近では、なんとショッキングピンクの靴を買いました。こんな色のスポーツシューズが世の中にあったとは！　最初は黒にピンクのラインか、グレーにピンクのラインの入った程度のもの

＊＊＊

を探しましたが、なかなかなくて、ピンクのは私のサイズがちょうどあり「じゃあいっそピンク一色にしてしまえ」。かつての私なら考えられませんが、それで外を歩くわけでもなし、その時間、その空間だけのことだから構わないかと。

ズンバは発表会にも、一回だけ出ました。通っているジムの三店舗が合同で主催し、自治体の公会堂を借りて行ったもの。私の出ているレッスンでも、参加者の募集がありました。参加者には八回ほどの特別レッスンがあると聞き、それに出たら少しはうまくなるかなと。チームを組んで曲を決めて練習し、公会堂のステージの上で踊りました。先生を含め全員女性で、先生もメンバーの平均年齢も五十代半ば。

人前で踊るなんて考えたこともないし、そもそも団体行動をほとんどしなかった私です。ズンバが新しい世界の扉を開けてくれました。

＊スポーツの服装は派手でいい

＊レッスンはファッションの解放区

＊発表会で団体行動を体験する

ひとりでも
きちんとごはん

一汁三菜。この言葉を聞いて、思い浮かぶ絵柄があることでしょう。ご飯と味噌汁、肉か魚を載せたやや大きめのお皿の脇に、野菜の小皿や小鉢。必ずしも三菜でなく二菜であってもいいけれど、目で見たときに、配置がなんとなく一定になる、そういう食生活がバランスがいいように思います。

今は家庭の食事も、ともすれば居酒屋ふうになりがちと聞きました。刺し身や枝豆といったつまみ的なものが、ちょこちょこと。年を重ねると食事を作るのもたいへんだし、「今さらがまんしなくてもいいだろう」と、好きなものだけを並べてすませがちと。気持ちはわかりますが、そこをもうひと頑張りして、テーブルの上を居酒屋ふうから、「定食屋さんのお盆の上」の見た目に近づけるのが、バランスを整えていく方法です。

まずはお米のご飯を中心に据えてみる。炊くのが面倒なら、レトルトパックのものでもいい。すると、やはりご飯に合うものが欲しくなる。ご飯にビールよりは汁物かなど。作るのは面倒でしょうから、全部買ってきたものでもいい。ご飯とインスタント味噌汁と買ってきたおかずと。

私も三十代のひと頃、お総菜屋さんで買ってくることが多かったです。作るのが面倒なのと、「仕事も忙しいし、調理に時間をとられるより、買ってすませてその分体を休めよう」と自分なりに「健康」を考えてのことでもありました。確かに楽。でもじきに飽きます。お総菜は最初のひと口ふた口は美味しいけれど、味が濃すぎるのです。

この味をなんとか薄められないかと、買ってきたチンジャオロースに小松菜を茹でて混ぜたり、味噌汁もインスタントのものに豆腐を電子レンジで温めて加えたり。そのうち、「自分で作った方が安いし、自分好みの味になるな」と思うようになりました。総菜も買うと結構高いし、それでいて必ずしも満足でないのが、もったいなく感じてきたのです。買ったものからはじめても、自分で「ちょい足し」していくうちに、ついに作るようになりました。今は作るのが面倒な人にも、そんな変化が起こるかもしれません。

ご飯は太るイメージがあるかと思いますが、見た目と違って繊維がたくさん含まれており、便秘に悩む男性が女性よりも少ないのは、定食などでご飯をもりもり食べる中で無意識に食物繊維をとっているからとの説もあります。

糖質制限ダイエットは、効果が出やすいので人気です。他方、私が聞いたのは、糖質が足りていないと体がエネルギーを使うとき筋肉から取り崩してしまうので、糖質もある程度はとった方がいいと。

ご飯からはじめる食生活の健全化は、その点でもおすすめです。

*「定食屋のお盆の上」に近づける
*お米のご飯をまず置いてみる
*出来合いのものに「ちょい足し」を

* * *

蒸し大豆の活用法

蒸し大豆がスーパーなどでも手に入りやすくなりました。

豆にもいろいろありますが、大豆の特徴はなんといっても、畑の肉といわれるほどのタンパク質の多さでしょう。筋肉のだいじさを介護を通じて痛感したのは、先に述べたとおり。筋肉のもととなるタンパク質を効率よくとりたいなら肉や卵とすすめられますが、大豆はカルシウムも多いので、骨量の減少してくる年代にある私は、心ひかれます。女性ホルモンに似た働きをするというイソフラボンも含み、更年期からは特に気になりはじめました。大豆を自分でもよく食べるというお医者さんによれば、肥満や「血管の老化」と呼ばれる動脈硬化の予防も期待できるということです。

大豆がいいとは前々から聞いていましたが、かつては主に乾物で、手軽にとれるものではなかったです。「前の晩から水で戻す」というところに大きなハードルがありました。水煮も市販されていますが、栄養分の流出が多いと聞いて、「それよりは」と納豆を食べていました。

蒸し大豆が店頭に出回るようになって、状況は一変。蒸し大豆は水煮に比べ栄養がぎゅっと詰まり、納豆よりも幅広く使えます。レトルト食品で賞味期限が長いものは特にありがたいです。買い置きして、日に二回、三回と使っています。

使い方は、封を切って袋から直接振り入れる感じ。味噌汁でも、ほうれん草のサラダでも、いつもと同じに作って、振り入れるだけ。「大豆料理を作ろう」のような気負いはありません。私は魚中心の食生活ですが、タンパク質を手軽に補えます。高齢者の低栄養はしばしば問題になり、肉や卵を積極的にとった方がいいともいわれ、私ももっと加齢が進んだらそうなるかもしれませんが、当面は魚プラス大豆でいこうと思います。

魚プラス大豆は骨粗鬆症対策にもなりそうです。私は主菜にする魚のほかに、ちりめんじゃこを蒸し大豆同様に常備。骨密度を上げるには、カルシウムの摂取、運動、

＊＊＊

日光浴の三つがだいじと聞きます。私の場合、日光浴はちょっと足りない気がしますが、あとの二つは励行。先ほど述べた片足立ち一分間で、骨への刺激はウォーキング五十分に当たるといわれます。

婦人科ドックのオプションに骨密度の測定があります。筋肉は何歳からでも増やせるけれど、骨量はある程度の年齢から増やすのは難しく、減りをなるべく遅くするのが、できることだそうです。私は同年齢の平均よりよい線を保てているという結果でした。若いときに運動習慣がなかったので、元の骨量はそれほどよいわけではないと思いますが、だからこそ今からできる努力で、落ちるカーブを抑えていこうと思います。

*いつもの料理に振り入れるだけ
*タンパク質を手軽に補える
*骨粗鬆症対策にも役立つ

ぬか漬けで腸活

ぬかみそはほんの一グラムの中にも、さまざまな微生物が億単位で棲息《せいそく》していると聞きます。その代表例が植物性乳酸菌。乳酸菌は免疫力を上げるというけれど、免疫力は効果がすぐにはわかりません。てきめんに感じるのは整腸効果。

ビオフェルミンというお腹の薬を飲んだことはありませんか。その主成分は乳酸菌です。病院でも整腸剤として乳酸菌製剤が処方されるほど、効果があるのでしょう。私は家では少なくとも一日一回ぬか漬けを食べていますが、出張に行くなどして食べない日が続くと、便秘になります。日々の食事の中で習慣的に整腸剤をとっているようなものだったと気づくのです。

野菜のビタミンもぬか漬けにした方が、生で食べるよりむしろ増えると聞きました。うまみが増すばかりか、栄養価も高くなると。

ぬか漬けのいいところは、根菜でも手軽にとれることです。にんじん、大根、かぶなどは漬けておけば、すぐ食べられます。根菜は調理が面倒で、日々の食事に取り入れにくいもの。硬いので生で食べるにも、千切りしたりすり下ろしたりが必要だし、火を通すにも時間がかかる。ぬか漬けだと、洗って粗く切るだけです。食物繊維はたっぷり。乳酸菌と相まって腸活の効果は大きそう。

ぬかみそを長持ちさせるいちばんの秘訣《ひけつ》は、冷蔵庫で保管することです。ぬか床ごと冷蔵庫に入れてしまいます。夏だから傷むのではとか、留守の間どうしようといった心配は皆無。マンションなど密閉した住宅事情だと、夏の夜の暑さが半端でないので、冷蔵庫で作るのをおすすめします。

長く留守にするときは、私は三泊まではそのままで、四泊以上になると冷凍庫に移します。中の野菜は抜いて、ぬかみそだけの状態にして、ぬか床容器ごと冷凍庫に入れ、カチンカチンに凍らせるのです。帰宅してから自然解凍させると、またふつうに発酵している。冬眠していただけという感じで、続きの発酵をはじめます。意外な強さに驚きます。

　一日一回かき混ぜなくても、私の経験では二日に一回で充分です。長持ちさせる秘訣の二つ目として、かき混ぜることよりだいじだと思うのは、こまめに水分を抜くこと。大根やきゅうりを漬けるとかなり水分が出て、ぬか床全体が水っぽくなってきます。そうしたら調理器具のお玉を、底を下にしてぬかみそに押しつけると、じわーっと水が上がってきて、お玉のへりから流れ込んでたまります。それを捨てては、押しつけることの繰り返し。水分が多いと雑菌が繁殖しやすくなるので注意が必要です。

　三つ目は、新鮮なぬかを週に少なくとも一回くらい足すこと。いりぬかにしなくても平気です。ひとつかみでもいいから足すと、ぬか床がフレッシュになります。ちょっとサボって放置してしまい、傷んだかもと思った場合は、ぬかみその色が変わった部分を取り除き、ぬかを多めに投入すると復活することもあります。ぬか床の中では、腐敗する方に働く微生物と、ぬかみそ本来の発酵をさせる方の微生物とが、常に抗争を繰り広げているようなもの。悪玉が勝っていても、新たなぬかの投入でいい方が勢いを盛り返す可能性があるのです。臭いがちょっと変かも、と思ってもすぐにあきらめず、頑張ってみましょう。

調べると、ぬか漬けを美味しくするために柿の皮を入れるとか、ビール、パンの耳、鰹節の切れ端、魚の頭などと、いろいろな知恵があるようですが、あまり入れすぎない方が腐敗はしにくい気がします。生姜と唐辛子と昆布ぐらいが穏当でしょうか。

私はふだん、ぬかと塩だけで作っています。

＊乳酸菌と食物繊維で、便秘知らず
＊冷蔵庫で保管すると、傷みにくい
＊水分を抜き、ぬかを追加しリフレッシュ

お菓子との スマートな付き合い方

お菓子をついつい無意識に食べていませんか。

わが身を振り返るきっかけは、特急列車で乗り合わせた女性の姿。私と同じ世代でしたが、座席前のテーブルに書類を広げ、作業をしながらテーブルのはしのお菓子の袋に手を入れてはずっとつまんでいるのです。私が降りるまでの小一時間ずっと。たぶんその人には、それをよしとする理由があるのでしょう。頭を使う作業のときは脳が糖分を欲するからとか。それは確かなことでしょう。でも、冷静に考えて、一時間ずっとお菓子をつまみっぱなしというのは、それが習慣になってしまっていたらこわい気がしました。

私も甘いものが欲しくなるときがあります。疲れて頭なり体なりが、あきらかに求めているなと感じるほど。食べないことは正直できません。せめて「食べようと思って、意識的に食べる」ことを、お菓子との付き合い方のルールとしています。

意識的に食べるとは、具体的にどういうことか？　袋菓子でも皿に移して、わざとおおげさにセッティングします。贈答に用いられるチョコレートでなく、コンビニでふつうに売っているチョコレートでも、箱からじかにとらず、三粒なら三粒を皿に載せて、コーヒーなどの飲み物も淹《い》れて、「今からお茶とお菓子の時間」というセッティングをする。食べ終わると、いつまでもお皿なり、カップ・アンド・ソーサーなりがあるのはじゃまだし、カップに茶渋がついたままなのも気になるので、流しへ持って行かずにいられなくなる。「お菓子の時間」はそこで一区切り。

　つまりは、「つい」「なんとなく」手を伸ばし続けて、気がついたら一袋なり一箱が空、となるのを避けるのです。

　書いていてつくづく思いますが、お菓子がどうでもいいものだったら、そんな手の込んだことはしないでしょう。そうまでして量を規制しなければならないのは、やっぱり私はお菓子が好きなのです。

＊＊＊

小麦粉を使った焼き菓子、煎餅、ポテトチップスなどのスナック菓子も、ときどき無性に食べたくなります。売っている袋の大きさが、そんなときの「抑止力」です。店に大きな袋しかなかったり、焼き菓子でも一パックの個数が多かったりすると、「こんなにたくさんの量が私のお腹に入るのか」とこわくなる。一度に食べなくても、あれば少しずつ食べるだろうから、ひとり暮らしの私の場合、結局は全部自分のお腹に入ることになるわけで。そう考えるとためらわれ、買わずに帰るか、少量パックがあればたとえ単価は高くついても、そちらを選びます。

「家に常にお菓子がある状態」をつくらないようにする。メリハリをつけるのです。

お菓子を食べるときは、食べたいと本気で思うとき。そうなると、せっかくなら美味しいお菓子を食べたい。焼き菓子にしても、店内で作っているところで買うとか。それが基本になると、袋に入って売っている焼き菓子のおそろしく長い賞味期限が不自然に感じられるし、できたてのお菓子にはない添加物の味が気になり、そんなに食べたいとは思わなくなってきます。

お菓子を食べたくなるのは、もしかすると、ご飯の量が足りていないからかもしれ

＊＊＊

ません。女性は太りたくないという思いがあって、ふだんの食事でご飯の量をつい控えぎみにしている気がします。間食がクセになっているなら、一度思い切ってご飯の量を増やしてみると、お菓子が欲しくならなくなるかもしれません。

夕食を早めに終えて、遅くまで起きている日など、夜中に急に空腹になることがあります。本来寝ているはずの時間帯にものを食べると、蓄積しやすいそうなので、食べない方がいいのでしょうが、お腹が空きすぎて眠れないかもというときは、いっそご飯を温めて梅干しや漬物などと食べるようにしました。お菓子に含まれる油分は、少なくとも避けられます。塩気のあるものでは満たされず、どうしても甘みが欲しいときは、甘酒を水で薄めて温め、生姜パウダーをふって甘みを引き立てます。夜中にお菓子を食べるよりはまだ、罪の意識を感じることが少なくてすみます。

＊皿に移すことで、「ついつい食べる」のを防ぐ
＊買うならば、単価が高くついても少量パックを
＊食事でお腹が満たされるようにする

第五章

明るい気持ちで過ごすために

五十代からのお金の使い方

加圧トレーニングをはじめたのは、五十歳のときです。ひと月に通う回数によってコースがあり、月二コマから四コマ、八コマから選べます。一コマは三十分。はじめたときは四コマコースにしました。先述のとおり当時は介護のただ中で、ジムに行く時間がとれなくなっていました。週一回三十分なら、なんとかつくり出せる。一回が六千円＋消費税なので四コマだと税抜きでも月々二万四千円。

葛藤はありました。私は将来国民年金、月々の受給額は七万円ぐらいでしょう。今後の自分にとって、ひと月二万四千円はとても大きい額。使わずに貯金して将来に備えておく方がいいのでは。他方、介護では親の体重を支える場面が多々あって、筋力の必要を切に感じます。将来介護を受けないでなるべく自立して暮らしていく上で

＊＊＊

も、筋力をつけておくのはとてもだいじ。加圧トレーニングは筋力を効率的に鍛えられるという。高いようだけど、現在の必要に加え「将来への投資」にもなると考え、四コマコースに踏み切ったのです。

　五十代からのお金の使い方には、常にそういう悩みがつきまとうように思います。働いている人は定年が近づき、その後の年金生活についても四十代より現実的になる。そんな中「貯金ばかりが将来への備えではないかも」という思いで決断し、介護の間は週四コマで続けていました。

　趣味の俳句も、これはそんなにお金のかかるものではありませんが、広い意味でやはり老後の支えになりそうです。将来を見据えつつ、ときに視野を広くとって「備え」を考えるようにしています。

　お金を使うことへの迷いがありながら実行したものには、自宅のリフォームも。私は五十代のうちにしてよかったと感じています。大きな出費なので、小心な私はたぶん仕事をやめてからだとこわくて、貯金を取り崩せなかったかと。

　家の中の寒さの改善がいちばんの目的でしたが、家にいる間も活動的になるという副次効果がありました。「いちばんの備えは健康」とよく言われますが、自宅リフォームが健康寿命を延ばす方にも働いていそう。

お金については考えすぎると、たぶんいくら持っていても不安だろうと想像します。自分のことばかりにお金を使っていると満足できず、節約して貯《た》め込んでも落ち着きを得ないだろうと。ほんの少しでも自分以外の人のために使うと、心のバランスがとれる気がします。家族ではなく、ふだん自分の目に入ってきにくい人。赤十字やユニセフ、難民を支援するＵＮＨＣＲなどへの寄付は、わかりやすい例です。

＊健康づくりは、将来への投資
＊広い視野で「備え」を考える
＊寄付は、貯金で得られないものをもたらす

＊＊＊

紙の新聞を読む

五十代半ば、新聞をとらない期間がありました。自宅のリフォーム工事のため、別のところに引っ越して仮住まいしていた三か月間です。週に一度、束ねて古紙回収の場所まで運んでいく手間がなく「なんて楽なんだろう」と思う一方で、生活のリズムが何かつかみづらいというか、調子が出ない。自分には、朝来た新聞を読むことが心身のめざめや、頭のウォームアップにもなっていることを感じました。

紙の新聞のよさは、自分の興味とは関係なく記事が配置されていることです。飛ばし読みであっても、見出しぐらいは目に入るので「世の中では今、こんなことが起きているのか」「こんなことが問題になっているのか」とわかります。

パソコンなりスマホなりの端末でネットのトップページを開くと、その日のニュースが並んでいる。あれは、いろいろなジャンルからまんべんなく集めてあるようでいて、読む人がどういう記事をクリックするかを端末が覚えて、その人に合ったものを表示すると聞きました。おおげさに言えば、自分の興味に合わせてつくり変えられた世界像。それを世界の姿だと思ってしまう恐れがあります。

特に年を重ねるにつれて、社会との接点が少なくなります。自分の生きている今、起きていることを知るのが、社会とのつながりを保つ上でだいじで、新聞はそれが労せずしてできるツールのように思います。

こわいのはネットで目にする情報が、自分用に並べられていることを知らないまま、それに接し続けることです。たとえば、ある国でたまたま自分が好ましく思わない出来事があったときに、興味を持って調べたら端末が覚えて、その国が困ったことをしている記事を次々出してくる。クリックを繰り返していると、最初はたまたま感じたことでも、苦手意識を強める方向の情報ばかり入ってくるようになります。偏見の増幅です。

紙の新聞では、その国の別のニュースがあれば載るので、自分の抱いた印象が是正

＊＊＊

されることがあるかもしれないし、全体像をつかむことができるかもしれない。もちろん新聞も発行者、すなわち情報の送り手によって取り上げ方は異なり、必ずしも「まんべんなく」ではありませんが、少なくとも情報の受け手によって編集されることはなく、ネットで自分用にカスタマイズされた世界とは違う様相が見られます。

そういった社会の認識の仕方の健全さを保つためにも、そして自分の一日の健全なリズムのためにも、私にとってちょうどいいのが紙の新聞です。

＊一日をスムーズにはじめるための習慣
＊ネットのニュースのみだと、偏る恐れがある
＊紙の新聞で、社会との接点を保つ

夢中になれるものはありますか

記憶に残っている言葉があります。「夢中になれるものを持つ人は老いに強い」。前に何かで読んだ、医師の言葉です。四十歳で病気をしたばかりの頃にその言葉にふれたので、当時は「老い」を「病」に置き換え「夢中になれるものを持つ人は病に強い」と自分に言い聞かせていました。

五十代となり再びもとの「老い」に置き換え、心に留めています。よりよく年をとっていくには、夢中になれるものがある方がいい。好きなことをこれから探すのでいいでしょうし、前からある人はその存在がより大きくなっていきそうです。

私は趣味の俳句と、四十代半ばで出会いました。一般的に俳句は、会をつくって仲間と集まってします。全国に大小の会があり、設立何十周年といったお祝いの場に行くと、高齢者が多いです。話を聞いていると、常日頃から元気いっぱいなわけでは必ずしもなくて、病気で入院していたけどお祝いに間に合うように退院できてよかったとか、出かけるのがだんだんおっくうになって家にこもりがちだけど俳句の会だけは行くようにしているとか。「趣味を持つって、大きなことなのだな」と実感します。

　仲間といっしょではなくひとりでする趣味でも、集中するということは心身を活性化させそうです。写真撮影が趣味の人によれば、「この季節のこういう富士山を撮りたい」と思ったら、気象条件その他が揃うまで、撮影ポイントに何回も通って何時間も粘るのだと。絵画が趣味の人は、描きはじめたら「少なくともこの絵を完成させるまでは死ぬわけにはいかない」と思うのだと。目標が設定されるのです。

　目標を達成したら終わり、ではない。達成できた自信から、次への意欲がわく、そういったサイクルが生まれます。そのサイクルにプラスして、俳句の例のように仲間のもたらすパワーも得られればより強いように思います。

　私はもともと趣味のない人間でした。持たなければと思いながら、見つからずにいました。俳句はなぜかヒットしました。はじめてから十一年。私史上もっとも長続きしている趣味です。

俳句の会というと、茶室のような畳の座敷に和服を着て正座し、短冊を胸の前に持ち、筆でさらさら書きつけているイメージがあるらしいですが、実際は全然違います。場所からして座敷ではなく、コミュニティーセンターの会議室や雑居ビルの中にある貸し会議室、短冊はコピー用紙を切ったものです。お題も花とか月とかだけでなく、会議室の窓から見えた看板に「焼肉定食」とあったら、それを題にする。四文字を分解して「焼」「肉」「定」「食」の一文字ずつを入れて四句作りなさいとか。句会にはそのように、突然この題で作って何分以内に出しなさい、といったゲーム性のあるやり方も多いのです。

じっくり考える暇はなく、瞬発力で作っていく。出てくる句は、「焼」売弁当がどうしたとか、贅「肉」がどうしたとか。面白いです。題との出会いで、思ってもみない五七五が引き出され、自分が外に向かって開かれていくような感じがあります。

刺激をキャッチし、即座に反応しないといけないところが、句会にはあるので、脳は活性化されそう。医学的な統計はないけれど、認知症の予防になるのではとさえ思

＊＊＊

うほど。字を書いたり辞書をめくったりと手先も動かすし、散歩して題材を探して詠む「吟行句会」となると、足腰も鍛えられるし。俳句は静かなイメージですが、意外と動的なのです。

句会が終わると、スポーツでもしたような集中の余韻みたいなものと充実感があります。一生飽きない趣味となりそうです。

＊夢中になれることがあると老いに強い
＊集まってする趣味は、仲間からのパワーももらえる
＊俳句は心身を活性化させる

私の真ん中にあり続けるもの

俳句とは別に続けていきたいことが、私にはあります。自分のホームポジションというか、いちばん自分らしくいられることです。文章を書くこと。俳句は、句会があると作りますが、文章を書くのは仲間がいなくても続けていくと思います。趣味よりは一段深く、自分の核に近いところにあるのかもしれません。

そのことに意識的になったのは、年がいってからです。

振り返ってみると三十代、四十代と、その年代ごとに出会った人生の上での課題のようなものを書いてきました。三十代では、課題というとおおげさですが自分にとっては大きな出来事として、家を買った。四十代では病気をした。五十代にかけては介護をした。その中で自分はこのように感じ、このように考えたということを文章にしてきました。

それは、その期間を二度生きるのに似た手応えがあります。そのときの体験が今の自分を形づくっているのだなと、とらえ直せる。自分の積み重ねてきた歴史を確認することでもあります。

書いたものを発表する場がなくなっても、書くだろうなと思います。お金にはならないけれど、生きることと切り離せない仕事として。その意味では、ライフワークといえるものかもしれません。

幸いにも今までは、ライフワークと社会でいう仕事、自分の本筋にあるものと糧を得るための道とが一致してきました。それはほんとうにうれしいし、この先二つが一致しなくなり分かれていったとしても、書くことは私の真ん中にあり続けると思います。

私がジムでレッスンに参加しているダンスフィットネスの先生は、幼少期から踊るのが好きで、体育大学の舞踏科へ進み、ジムでのインストラクターのほか、ダンスサークルを主催したりダンサーとしても活動したりしているとのこと。そんな経歴などを知るにつけ、この人にとっては踊りが、一生続けていくものなのだろうなと思うのです。

生きていけば、自分の外側の条件は変わっていきます。家族構成も変わる、社会における役割も変わる。そうした中で変わらないものを持っているのは、生きることを支える力になりそうです。

「そんなものはないわ」ということなら、まずはいろいろ試してみましょう。手当たり次第、というと表現が悪いですが、それくらいになんでも。カルチャーセンターもあります。通信教育もあります。地域のコミュニティーセンターでは趣味の活動もボランティアもあります。病院でもボランティアはよく募集しています。資格試験に挑戦する方法もあります。私も、書くことがいちばん自分らしいと気づくまでは、脈絡なく試しました。試すことが、出会いのはじまりです。

ある俳句の会は、同じ年に同じ中学のクラスで子どもを卒業させた母親たちの集まりと聞きました。子どもが無事に義務教育を終え、安堵《あんど》とともに虚脱感があったとき、クラス担任が俳句の先生でもあったので、母親たちに教えたのがきっかけだそう

＊＊＊

です。今はもう六十歳くらい。子どもたちが卒業してからだいぶ経ちますが、続いています。

その間もいろいろな出来事があり、お連れ合いを亡くしたという人もいました。話していても自然と涙が流れてくるくらい、まだ生々しい喪失体験だけれど、こうして会に出てきている。担任がたまたま俳句の先生だったという偶然からはじまったことですが、もはや人生に欠かせない存在なのだなと思いました。そういう出会い方もあるのです。

*自分らしくいられるものは何か、意識的になってみる
*収入を得る仕事かどうかは、別のこと
*試さないことには、見つからない

介護にまつわるあれこれ

五十代だと親の介護は、経験済みの人、まっただ中の人、これからどうなるのかと不安な人、いろいろでしょう。介護とひと口に言っても状況は千差万別。たとえば体は動けても認知の方に先に衰えが来ているのか、寝たきりなのかもさまざまなら、介護に使えるお金や人的資源、どれくらいの期間続くのかなども、違います。「自分はこうだったからこうしたらいいですよ」などとは、介護の経験があっても、いえ、あるからこそ余計、軽々に語れません。

伝えられることがあるとしたら、介護保険を使ってケアマネジャーさんからできるだけ情報を得て、介護機器を取り入れたり、デイサービスなどを利用したりと、借りられる力はなるべく借りるようにしたい。必要な助けを借りるには、自分たちの状況や希望を話すことからはじめるほかありません。「身内の事情をあからさまに言うなんて恥ずかしい」などというためらいはこの際捨てて、心を開いて話す以外、必要な助けにたどりつけない気がします。

同世代の知人は親の介護が迫っているのを、今まさに感じているそうです。親は離れて住んでいますが、鍋を火にかけているのを忘れて焦がした、出かけた先で迷子になり勤務中の自分のところへ電話が来た、ということが起こりはじめていると。「何がどうなっていくのか全然わからないけれど、これからは想定外のことが起きてくるだろうと想定している」と言っていました。

名言です。介護とはこういうものだろうと想定して計画を立てても、想定外のことが次々起こる。現状の後追いで対処法を探していく。そのくらいでいないと、はじめから「これで万全」の態勢を整えたつもりでいると、それで対処できなかったとき、がっかり感が大きくなります。

親の介護をしながら、あるいは気にしながら、自分の介護も気になるのが五十代。私も親の介護をしている中で、将来の自分に重ね「ああ、年をとるとこういうことがたいへんになるんだな」と学んだことがたくさんありました。繰り返しになりますが、自分の足でトイレに座れるというのは、ほんとうに大きい。トイレに「座れる」、という表現は妙なようですが、たとえトイレに「行く」までは車椅子でもいいのです。手すりにつかまりながらでも、中腰でもいいから自分の足で立ち、便座に移れることが大きいのです。

排泄ケアに関連し、「介護脱毛」が話題になっています。将来介護を受ける立場になったときに備えて、デリケートゾーンの脱毛をしておくものです。排泄ではデリケートゾーンの毛に汚れが残りやすく、ケアする側に負担をかけるし、ケアされる側も皮膚トラブルや細菌の繁殖につながると。それを未然に防ぐため、あらかじめ脱毛する人が増えていると聞きます。

私の目にしたニュースや記事では、脱毛を希望するのは、介護を経験した女性が多いと。うなずけます。介護で起きることを具体的にイメージできるようになり、五十代からは、介護を受ける立場になったときのため「今からできる備えはなんだろう」と考える時期なのでしょう。

＊＊＊

介護を受けるときに向けての脱毛に関心を寄せつつ、介護をなるべく受けずにいられるよう鍛えるという、二方向にあるのが今の私です。

＊必要な助けを得るには、自己開示が必要
＊想定外のことが起きるものと思っておく
＊親の介護で学んだことを、自らの備えに生かす

きょうだい関係は変化するもの

成人してからある程度の年齢までは、きょうだい関係はそれほど密でないもののように思います。特に結婚したり、子どもが生まれたりすると、それぞれの家庭のことで精いっぱい。会うのは年に数回、盆と正月ぐらい。仲が悪いわけでなくても一般的な姿ではないでしょうか。私もきょうだいとはそれほど頻繁に行き来していませんでした。

けれど親の衰えがはじまってくると、しだいに情報交換をしないといけなくなってきます。たとえば私が親のもとを訪問したときは、父が家の中で転んだことはなかったけれど、兄といてそういうことがあったと聞くと、自分が思っているより衰えが進んできたことを知り、「このままでは危ないかも、私も何か手伝わないといけないかも」と思う。前よりも密に連絡をとり合うようになり、協力体制ができ上がりました。

兄も姉も来やすい地点である私の家のそばに住まいを用意して、父に移ってきてもらっての在宅介護です。きょうだいが交代で来て世話をします。きょうだいとはいえ、長く別々の暮らしを営んでいた者どうしです。はじめのうちは生活習慣の違いなどから、互いにストレスを感じていました。でも、だんだんに親の衰えが進むと、父の安全を、もっといえば命をいかに守るかという課題が大きくなってきて、小さな違いを気にしている場合ではなくなってきます。合わないところがあるきょうだいでも、とにかく自分の行けないときは彼らの誰かに来てもらうほかないわけで、代わりの利かない、その意味では字義通りかけがえのない存在であることが、身にしみます。

前には正しく評価できていなかった相手の性格の美質も、介護の中で見えてきます。たとえば私なら少しでも自分の時間を確保したいので、効率のよい方を選んでしまうところを、きょうだいは時間を惜しまず、親の側に立ってこまやかに事を行う。

はじめはそれに対して不合理に感じたり、私の当番の間も同じようにするよう、こまごまとした指示や注意事項を受けるのがストレスだったりしましたが、途中から「そうはいっても、自分本位の私には考えも及ばぬ、こういう労力なり時間なりのかけ方を、当たり前のこととしてできるって、すごいな」と気づき、人間性の評価に変わっていきました。

きょうだいが自分と同じタイプではなかったことが、むしろよかったのでしょう。「人はさまざまであり、それぞれの美質を持っている」という人間に対する一般認識を、遅ればせながらきょうだいに対しても持った、と言えそうです。

ぎくしゃくすることはありながらも協力して介護し、そこでの結びつきが、介護の終わった後も続いています。もともとは疎遠だったし、「あの人とは合わない」と思うところがお互いにあったきょうだいですが、介護という必要に迫られ否応《いやおう》なしに結束していったのが、結果的に大きかった。親が二人とも亡くなり、いわば精神的なその支柱を失ってみると、「残るはきょうだいだな」とつくづく感じました。

きょうだい関係が面倒くさかったり、交流があまりなくても人生に影響はないよう

＊＊＊

な気でいたりしたのが、今となっては嘘のようです。

*疎遠な時期があるのは、自然なこと
*親の衰えが、連絡をとり合うきっかけになり得る
*年をとったからこそ発見する、相手のよさもある

苦手な人との付き合い方

相手のことが苦手だけれど、どうしても付き合いを逃れられない場面はあります。私には晩年の父がかかっていた、クリニックの医師がそうでした。

入院は大きな病院でしていましたが、そこでの治療が終わると、ずっと飲み続ける薬を出してもらうなどのフォローは、近所のクリニックで受けることになります。病院からクリニックへは、診療情報提供書で申し送りをされますが、それは封をされていて、私は読むことができません。

なので、入院していた病院を退院する際、看護師さんから聞いた説明をメモしてきたものを読み、「こういう薬を処方してもらい、こういうふうに服用するよう言われました」などと報告していると、「診療情報提供書には、そうは書いてありません。

そんな曖昧《あいまい》なことでは薬は出せません。もう一度病院に行って聞いてきてください」。

私は正直、悔しかったです。年とった親を車椅子に乗せて、入院先から無事に連れて帰ってくるのだって、たいへんなこと。その足ですぐに報告に来たのに、薬ももらえず追い返される。父にとっては毎日飲まなければならない薬を。しかもかんじんの情報は、医師の手にあって、私は見ることができない。「そこに書いてあるなら、医師からあなた宛ての文書なら、あなたが医師に電話して確認してくれればいいではないか」と思いました。

入院先へとって返しても時間的に間に合わないので、電話して、退院時に説明してくれた看護師さんとじかに話すと、看護師さんの私への説明が間違っていたことがわかりました。でも、クリニックで、別の病院の看護師さんを悪くは言えません。相手は、同じ医療者どうしです。

クリニックへ戻って「私の先生への報告が誤りでした」と頭を下げて、薬をもらってきました。その件で彼への苦手意識が強く植え付けられました。

自分のことでかかるなら、クリニックを変えます。でも患者は高齢の父。なんのか

＊＊＊

んのいっても、近所です。車椅子で連れて行きやすく、しかも往診してくれる医師は貴重です。苦手でもなんでも、ここに通うしかない。

ならば、次からもきょうだいに頼まず、私がなるべく来よう。気持ちとしては見たくないくらいの顔でも、何回も顔を合わせれば、「嫌いであってもなじんだ顔」になります。苦手意識というのはたぶん相互的。私に苦手意識があるからには、向こうも私を苦手に感じているはずです。父の受診をスムーズにするには、それは少しでも解消しなければ。

　苦手意識を克服するには、しょっちゅう会うしかないというのは、「嫌いな人は避ければいい」と思っていた私には、転換点であり、訓練になりました。

　それを応用したのが、ジムでの出来事。あるときから、挨拶を返してくれなくなった人がいました。目が合って会釈しても無反応です。

「とりあえず十回は挨拶しよう」と思いました。気がついていないのか無視しているのかわからない。無視していても、挨拶を続ければ、少なくともこちらには避けるつもりがないとわかるはず。前の私なら、一、二回無視されたらその時点で切り捨てた

＊＊＊

人間関係です。

結果的には十回続けても同じで、次からは私も会釈するのはやめました。

父のかかりつけ医のように関係を断つことができない人とは、苦手意識を克服するか、克服できなくても苦手なまま付き合うしかない。でもこのジムの人のようなケースは、自分の思い違いの可能性を考慮し何回かはたらきかけをした上で、それでも同じ状況なら、付き合わなくていいと思います。

世の中には、理由はわからなくとも苦手ということはあるものです。それでも付き合い続けなければと思うのは、時間と心のエネルギーがもったいない気がします。

＊苦手意識を乗り越えるには、なるべく顔を合わせる
＊自分には避けるつもりのないことを、何回か示す
＊必要でなければ、無理して付き合わなくていい

ひとりになる時間を持つ

学生時代や会社勤めの頃から、ひとりになる時間を守りたいという気持ちがありました。友人からの誘いもあるし、当時はメールがなかった代わりに電話をかけてきて悩みを話されることも多かったのです。それに全部付き合っていたら、ひとりの時間がなくなってしまう。

若いから進路や仕事、恋愛などの悩みは、私にもありました。でも遊んでその場では忘れたり、人に聞いてもらって終わりにしたりしていたら、同じことの繰り返しに感じられました。会社で嫌な思いをして、それを夜誰かに話して、そのときはちょっと気が晴れても、次の日また会社に行けば何も変わっていない。

胸の内を言いたいところを、そうしないで、ひとりでそのことと静かに向き合うと、掘り下げて考えられることがあります。同じ部署の人があまり働かなくて、その人のぶんの仕事までさせられることに苛々《いらいら》するけれど、その人が嫌なのではなくて、その会社にいる自分に疑問を感じているのでは、とか。

ひとりの時間は、自分との対話です。一日五分でもいいから、そうする時間を持つことで、自分の抱えているものが、より正確につかめてくるように思います。

家族といるとひとりの時間は、なかなか持てません。たとえば電車での移動時間はどうでしょう。本を読むほどでもない小間切れの時間だと、私はついスマホを取り出してしまうのですが、不必要な検索までしはじめていることに気づいて止め、自分を振り返る時間か、頭の休息の時間にあてています。

家族と暮らしていた人が、死別のためひとりになると、精神的にとても落ち込むといいます。共にあったものが急になくなる喪失感は、想像し難いものがありますが、ひとりの時間をどう使おうか考える転機が、時間はかかってもやがては訪れると、休験者から聞いています。「最愛の人」と言ってはばからない妻と何十年と二人で暮らしてきた人です。妻を亡くしてしばらくは、ろくに食事をとらずに酒を飲み続け、木人いわく「死ねないから生きている」ようなものでした。苦しい一年を経た末に、「こんな自分を見たら妻が悲しむ」と、少しずつ規則正しい生活を取り戻し、武道の稽古を新しくはじめたそうです。精神的に底にある期間をなんとかしのぎ、ひとりの時間の使い方を身につけていく。ひとりだからこそできることがあるとも気づき、有意義な時間の過ごし方を見つけていくものだと、彼の姿に感じました。

＊＊＊

通信が発達し、つながっているのが当たり前のような時代。つながりを断ってみると、ほっとすることもあるのではないでしょうか。私も出張で行った先が、電波の届かないところで、はじめて「メールがたまっているかもしれない」と焦りましたが、その晩はとてもよく眠れました。メールの通じる環境だと、つい気になってしばしばチェックするし、何か来ていれば返信しないといけないと思い、寝る直前まで液晶画面をいじっているようなことになりがちです。

起きたときに感じたのは「なければないで、すむものだな」。短い間だから言えることではありますが。

つながりの中に常にいなければ、というのは、過ぎた不安に思います。ときどきはネットを断って、ひとりの時間を取り戻したいです。

＊移動時を自分との対話、もしくは休息の時間にする

＊苦しくとも、過ごし方が見つかっていく

＊ネット断ちで、つながりから離れてみる

エンディングノート

終活という言葉がよく聞かれます。エンディングノートをつけることも話題です。私も気になりながら、実際につけたのは五十歳を過ぎてから。どこの銀行に口座を持っているか、年金や生命保険は何に入っているか、通院先や既往歴なども書き出しました。

エンディングノートが話題になりながら、周囲に聞くとつけている人が意外と少ないのは、大きく二つの理由からではと思います。ひとつは、日本人にありがちな「縁起でもない」というためらい。最後に向けてあんまり早々と準備しておくと、ほんとうに最後が早く来てしまうのではないかというこわさ。もうひとつはこわさとは別の「おっくう」さ。自分史を生い立ちから、いや家系図までさかのぼって書かないといけないかとか、家族へのメッセージも残すのかとか、そういう振り返りや、改めて向き合うことが、気持ち的に重いなと。

ひとつ目の「縁起でもない」というためらいは、私も実感があり、銀行口座をわかるようにしておかなければと思ったのは、入院するときでした。これから病気の治療を受けようというときに、死ぬことを想定するのは抵抗がある。結局書きませんでした。必要を感じるときは抵抗もあるときかと思うので、必要を感じないうちが「書きどき」です。

私は治療後も病気の再発する可能性が少なくなかったので、書かなければ、でも書きたくないという葛藤が十年くらい続きました。十年を経て五十過ぎに書いてみたら「こんなことで、なんで迷っていたんだろう」と拍子抜けするくらいすっきりし、身軽になって人生の次のタームへ進んでいける気がしました。迷っている人には「書いてしまえば、なんてことないです」と伝えたいです。

二つ目の理由として挙げた「おっくう」に感じる人へのアドバイスは単純です。なるべく薄いノートを選ぶこと。厚いものしかなかったら、気になるところだけ埋めればいい。私の使っているのは、わずか四十頁の「ラスト・プランニングノート」というもの。今は「ら・し・さノート」に名称が変わりました。自分らしさの「らしさ」です。

「気になるところはすんだ。はい、終わり」のつもりでしたが、そのうちに空欄のところを埋めたくなります。家系図なんてまったく関心なかったのに、父親が亡くなると「何年生まれで、何歳まで生きたかくらいは書いておくか」「父親の母親は、名前しか知らないけど、今のうち書いておかないと、忘れるな」とか。

気になっているならまずは一冊、手元に置いてみることをおすすめします。

*必要を感じないときが、書きやすい
*はじめから全部埋めようとしなくていい
*とにかく一冊、手元に置く

＊＊＊

いざというときの意思表示を

前述の「ラスト・プランニングノート」は家に置くものとして、それとは別に出先で何かがあったとき、自分はどうしたいかわかるようにしておかないと、と思いました。知人が救急車で運ばれて、幸い助かったのですが、そのときの実感として「家にこういうノートがありますから見てくださいとか、言える状況じゃなかった」と。ノートを作ったから安心、というわけではないようです。

どういうふうに意思表示すればいいのか？

新聞で評論家の樋口恵子さんの記事を読んで、参考にしました。樋口さんは高齢なので、もしものときの希望を名刺に書いて、健康保険証といっしょに持ち歩いているそうです。救急隊員なり、担ぎ込まれた病院の人なりは、健康保険証を探すだろうからと。

樋口さんが書いた内容は「回復不可能、意識不明の場合、苦痛除去を除いては延命治療は辞退いたします」。延命治療を「拒否」するではなく「辞退」としたところが、とてもいいなと思いました。命を助けようとするのは医療者の使命です。それを尊びながらも「私はしていただかなくて結構です」と伝えるには「辞退」の方が合っています。

真似して、名刺に書き、署名、捺印、日付も記し、健康保険証と重ねて財布に常に入れています。もしものとき実際に見てもらえるかどうかわかりませんが、「書いた」ことですっきりするという効果はありました。その点はラスト・プランニングノートと同じです。名刺のない方も、消えない筆記用具で紙に書き、健康保険証といっしょに携行するのがいいかと思います。

生活評論家の吉沢久子さんは一〇一歳で亡くなりました。新聞の訃報に、亡骸《なきがら》は本人の意思で献体されるとあって、「ああ、そこまで意思表示をしていらしたのだな」と感じ入りました。吉沢さんが九十代前半の頃、私は交流をいただいていました。そ

＊＊＊

のとき世間話のひとつとして、吉沢さんが医師と対談の際、健康長寿の秘密を調べさせていただきたいと言われたと笑っておっしゃっていましたが、そのときからご自分の体が研究に役立つなら、というお気持ちがあったのかなと。吉沢さんらしいなと思います。

亡くなった後の家の始末も、人に頼んであったそうです。吉沢さんにはそうした意思表示をすべてしておくのが、超高齢の時を心おきなく過ごすことだったのでしょう。

＊外出先での「もしものとき」に備えたメモを
＊健康保険証とともに持ち歩く
＊今という時を、心おきなく過ごせる

不安を解消する方法

生きていると大なり小なり不安があります。

五十歳になってつくづく感じたのは、「五十代というのは数字の上で四十代とは違うインパクトがあるな」ということです。四十代だと、人生の半分、折り返し地点ぐらいに思えるけれど、五十代では折り返し地点を過ぎているのは確実。すると自分はあとどれぐらい生きられるのかとか、自分の意思でどこかに出かけたり、ものを書いて発信したりといった活動をできるのはあと何年だろうかとか、「残り時間」を意識するようになりました。

そうした大きく漠然とした、老いや死への不安に加えて、もう少し具体的な不安もあります。介護が必要になったらどうしよう、そのときにどこに住もうか、お金はどうしよう、など。

それらを中サイズの不安とすると、より小さな日常的な不安は、それはもう数えきれません。私はあの言葉をこういうつもりで言ったけどあの人は違うふうにとったかもとか、私はそうしたいけどまだ決まっていないあの件はどうなったのかとか。それら大中小の不安とどう付き合っていくかが、課題です。

不安を解消する方法で「これぞ」と言えるものは、私はまだ見つけていません。今のところとっている対処法は、不安はあって当然と心得ること。それを第一歩とした上で、不安の中身をなるべく具体的にしていくことです。

先ほど挙げた老いをめぐる大きな不安の中で、自分の家で生活できなくなるのではという不安が、私の場合多くを占めると気づきました。体が不自由になっても補助してくれる家族はないし、仮に施設に入れても長く暮らす資金はない。

なので、なるべく長く自分の家で生活できるよう、できることを考えました。足腰を鍛える、特にトイレの立ち座りに必要な筋肉を鍛えるとか、多少不自由になっても暮らせるよう自宅をリフォームするとか、行動を起こしていきました。

＊＊＊

不安はあるものと心得た上で、漠然としている不安の中身をより具体的にとらえ、より小さく分けていき、「この部分にはこういう対処法がある」というのを見つけて、行動に移していきます。その行動が果たして有効だったかは、将来、実際に体が不自由になったときでないとわかりません。でも、できることをすれば、とりあえず今は気持ちが落ち着きます。そのようにして、不安はありながらも心を平らかにしていくのです。

行動に移した後も不安は必ず残りますが、そこからはもう、不安にばかり意識を向けない。趣味の話とつながりますが、なんでもいい、夢中になれることを見つけると不安にとらわれずにいる状態をつくり出せます。

気をまぎらわせる、というのとは違います。趣味や夢中になるものがあることは、心身を活発にし、「自分はまだまだ」という謙虚な姿勢を持ち続ける、変わることを恐れないなど、老いに対する広い意味での「基礎体力」を育みます。その場限りの人付き合いやネットで時間をつぶすのとは異なり、次のステージに行ける力になると思います。

＊＊＊

＊漠然とした不安の中身を、具体的にする

＊今できることを行動に移す

＊不安に意識を集中させず、別のことへ向ける

今あることに感謝する

老後の不安は大きいですが、一方でこんなことも、ときどき思います。

「今、自分がここにいることって、そうそう当たり前のことではないのだな」と。少なくとも五十代まで死なずに生きてきた。

ニュースなどで若くして、あるいは幼くして、不本意にも命を落とした人のことを知ると胸が痛みます。

四十歳で病気をしましたが、同じ病気というつながりで知り合って亡くなった人もかなりいます。そのときの同世代だから、今の私の年齢に達する前に世を去っている。それを思うと、今ここにいることの字義通りの「有り難さ」を感じます。私の努力で得たのではなく、幸いにも賜ったとしか思えない。老いは不安と完全に等記号で

＊＊＊

結ばれるものではなく、不安もあるけど一方で「恵みの時間」でもあるという面を感じます。

私もどうかすると不安にとらわれ、そうすると自分が不遇であるような感じ、もっと進むと被害者意識に近いものを抱いてしまうかもしれません。そんなときは我に返って「ここまで生きてこられただけでも、なかなかないことなんだ」と気づけるようでありたいです。

自分の経験したのががんだったことから、がんの人の心のケアや就労支援について発信する手伝いをしてきましたが、広い世界のニュースを見ると、胸の内は複雑です。心のケアや就労支援はもちろんだいじ。一方で難民の子が今日飲むミルクがない状況がある。同じ時代に生まれながら、必要としているものがかくも異なるのか。まったく違う環境に生きている人のことが、妙に心にふれてくるようになりました。若いときは自分のことで、介護の間は家族のことでいっぱいいっぱいだったのが、その時期を過ぎてからの変化です。

この環境に生きていて、不安はあるけど、不運とはとても言えない。基本はそう思いながらも、感謝を忘れることはしょっちゅう。時間貧乏なところがあるので、ATMに人が並んでいると「えっ」と思うし、列が全然進まないと「先頭の人、何をしているんだろう。もしかして操作は終わったのに、ATMの前に陣取って、通帳でも眺めているんじゃないかしら」と確かめに行きたくなるくらい。「常に感謝の気持ちでいましょう」なんて、とても言えたものではありません。

感謝の気持ちを忘れないのが望ましいけど、ときどき忘れるのはしょうがないというか、日常生活において自然なこととも思います。忘れて、思い出して反省し、改めてはまた忘れ……そういうことを私は繰り返していきそうです。

注意しないと、と思うのは、人に対して「他罰的」になること。ATMの例が示すように私は外にいるとき、人の行動に割と気をとられるところがあります。自分の基準からして「まわりへの配慮がない」と感じられる行動に、ついつい意識が向いてしまうのです。

たまたま見たこんなシーンは、自分のそういう面を省みさせるものでした。大きなマンションの玄関口に、宅配便のトラックが停めてありました。玄関から出てきた住

＊＊＊

人とおぼしき六十代くらいの婦人が「ちょっと、玄関前に停めるなんて非常識ね」とトラックを移動させました。通りやすいよう開けておくべきというのが、その人の常識なのか。それとも「業務で来る人は勝手口から出入りするもの、玄関は客のためのもの」と躾《しつ》けられてきたのでしょうか。

五十代は、人生経験をそれなりに積んできて、自分なりの基準ができています。同時にまだ体は動くから「人に支えられている自分」という実感を持ちにくい世代でもあります。そういう条件が重なって、人に厳しくなりやすいのかもしれません。そうなっていないかを注意しなければと思うのです。

＊老後があるのは、当たり前ではない
＊まったく違う環境の人に、思いをいたす
＊支えられていることを忘れ、厳しく人を見ていないか注意

岸本葉子

きしもと・ようこ

＊＊＊＊＊

1961年、神奈川県生まれ。エッセイスト。
東京大学教養学部卒業。
保険会社の勤務を経て、中国・北京に留学。
帰国後、日常生活や旅を綴ったエッセイで
新聞、雑誌等幅広く活躍している。
著書に
『捨てきらなくてもいいじゃない？』（中公文庫）、
『50代の暮らしって、こんなふう。』（だいわ文庫）、
『人生後半、はじめまして』（中央公論新社）、
『ひとり老後、賢く楽しむ』（文響社）
など多数。

デザイン　こやまたかこ
イラスト　カトウミナエ

50代からの
疲れをためない小さな習慣

＊＊＊＊＊
2020年1月30日　初版第1刷発行
2020年4月10日　初版第3刷発行

著　者　岸本葉子
発行者　水野博文
発行所　株式会社佼成出版社
〒166-8535　東京都杉並区和田2-7-1
電話（03）5385-2317（編集）（03）5385-2323（販売）
URL https://www.kosei-shuppan.co.jp/

Kosei shuppan

印刷所　株式会社精興社
製本所　株式会社若林製本工場

ISBN978-4-333-02821-4 C0095